KB064518

「월간 내로라」 시리즈는

원서를 나란히 담고 있습니다.

단숨에 읽고 깊어지시길 바랍니다.

"Time is

too slow for those who wait,

too swift for those who fear,

too long for those who grieve,

too short for those who rejoice,

but for those who love,

time is eternity"

Henry Van Dyke

"시간은

기다리는 자에게는 더디고

두려워하는 자에게는 쏜살 같으며

슬퍼하는 자에게는 끝나지 않을 것 같고

기뻐하는 자에게는 찰나처럼 느껴진다.

그러나 사랑하는 사람에게는

영원하다."

헨리 반 다이크

아르타반

깊이를 더하는 글

아 르 타 반

헨 리 반 다 이 크

bluefairy 정지은 <Veritas> 2021 mixed media 80x45cm

여는 글

You know the story of the Three Wise Men of the East, and how they travelled from far away to offer their gifts at the manger-cradle in Bethlehem. But have you ever heard the story of the Other Wise Man, who also saw the star in its rising, and set out to follow it, yet did not arrive with his brethren in the presence of the young child Jesus? Of the great desire of this fourth pilgrim, and how it was denied, yet accomplished in the denial; of his many wanderings and the probations of his soul; of the long way of his seeking and the strange way of his finding the One whom he sought--I would tell the tale as I have heard fragments of it in the Hall of Dreams, in the palace of the Heart of Man.

베들레헴의 마구간에서 태어난 아기에게 귀한 보물을 진상한 세 명의 동방박사 이야기는 다들 한 번쯤 들어 봤을 것이다. 그러나 아르타반의 이야기를 아는 사람은 거의 없다. 그는 세 명의 동방박사처럼 예언의 별을 보고 동쪽에서 출발했으나 긴 여행이 끝날 때까지 아기 예수 앞에 도착하지 못했다. 지금부터 이 사람의 여정에 관해서 이야기해 보려고 한다.

어떠한 열정과 갈망을 품었기에 모든 것을 포기하고 순례의 길에 오를 수 있었을까. 수많은 시련과 고난에 걸려 넘어지고도 다시 일어설 수 있었던 이유는 무엇이었을까. 영혼의 방황과 갈등을 겪으며 오랫동안 이어진 그 기이한 여정의 끝에서 그는 과연 바라던 것을 얻게 되었을까? 사람의 마음속 꿈의 전당에서 생생하게 피어난 그의 이야기를 지금부터 들려주겠다.

제 1 장

머무르던 곳

In the days when Augustus Caesar was master of many kings and Herod reigned in Jerusalem, there lived in the city of Ecbatana, among the mountains of Persia, a certain man named Artaban.

His house stood close to the outermost of the walls which encircled the royal treasury. From his roof he could look over the seven-fold battlements of black and white and crimson and blue and red and silver and gold, to the hill where the summer palace of the Parthian emperors glittered like a jewel in a crown. Around the dwelling of Artaban spread a fair garden, a tangle of flowers and fruit-trees, watered by a score of streams

아우구스투스 황제가 절대적인 지배자로 군림하던 시절의 이야기이다. 예루살렘은 헤롯 대왕의 통치 아래에 있었다. 페르시아 제국을 가로지르는 거대한 산맥에는 에크바타나, 라는 도시가 있었는데, 오늘의 주인공인 아르타반의 이야기는 그곳에서 시작된다.

그는 왕실 금고를 둘러싼 성벽 바깥쪽에 살았다. 옥상에 오르면 검은색, 흰색, 빨간색, 파란색, 붉은색, 은색, 그리고 황금색으로 둘러싼 일곱 겹의 성벽과 그 안쪽에서 마치 왕관의 보석처럼 빛나는 페르시아 황제의 여름 궁전이 한눈에 내려다보이는 집이었다. 집 앞 정원에도 아름다운 자연 경관이 펼쳐졌는데, 오론테스 산을 휘감고 내려온 물줄기가 이어지며 꽃과 나무에 활력을 불어넣었고, 숫자를 헤아릴 수 없을 만큼 많은 새

descending from the slopes of Mount Orontes, and made musical by innumerable birds.

But all colour was lost in the soft and odorous darkness of the late September night, and all sounds were hushed in the deep charm of its silence, save the plashing of the water, like a voice half-sobbing and half-laughing under the shadows.

High above the trees a dim glow of light shone through the curtained arches of the upper chamber, where the master of the house was holding council with his friends.

He stood by the doorway to greet his guests--a tall, dark man of about forty years, with brilliant eyes set near together under his broad brow, and firm lines graven around his fine, thin lips; the brow of a dreamer and the mouth of a soldier, a man of sensitive feeling but inflexible will--one of those who, in whatever age they

들이 지저귀는 소리가 언제나 낭랑했다. 아르타반의 집은 그야 말로 그림 같은 풍경 속에 자리하고 있었다.

그러던 어느 밤, 부드러운 어둠이 모든 색깔을 집어삼킨 어느 새카만 구 월의 밤이었다. 낭랑하던 소리가 깊은 적막에 짓눌리기라도 한 듯이 고요했다. 유일하게 들려오는 건 졸졸 흐르는 시냇물 소리뿐이었는데, 그림자에 가려진 그 소리는 누군가가 낄낄 비웃는 것같이 들리기도 하고, 구슬프게 흐느끼는 것처럼 들리기도 했다.

높은 나무 위를 희미하게 비추는 빛을 따라 올라가니, 커튼이 굳게 닫힌 2층 아치형 창문에서 빛이 새어 나오고 있었다. 그곳은 아르타반이 친우들과 모이는 장소였다.

아르타반은 회의장 입구에 서서 손님을 한 명 한 명 맞이하고 있었다. 어두운 피부의 키가 큰, 40대 남자였다. 몽상가처럼 꿈에 젖은 눈동자와 군인처럼 단단한 입매로 미루어 짐작해 보건대, 그는 섬세한 감성과 굳건한 의지를 모두 가진 인물이 분명해 보였다. 저런 인상의 사람들은 대부분 한평생 자신의 마음을 검열하며 살아간다. 유혹에 휘둘리거나 신념을 타협하지

may live, are born for inward conflict and a life of quest.

His robe was of pure white wool, thrown over a tunic of silk; and a white, pointed cap, with long lapels at the sides, rested on his flowing black hair. It was the dress of the ancient priesthood of the Magi, called the fire-worshippers.

"Welcome!" he said, in his low, pleasant voice, as one after another entered the room--"welcome, Abdus; peace be with you, Rhodaspes and Tigranes, and with you my father, Abgarus. You are all welcome. This house grows bright with the joy of your presence."

There were nine of the men, differing widely in age, but alike in the richness of their dress of many-coloured silks, and in the massive golden collars around their necks, marking them as Parthian nobles, and in the winged circles of gold resting upon their breasts, the sign of the followers of Zoroaster.

않도록 고독한 싸움을 지속하는 것이다.

아르타반은 비단옷을 입고 순백색 양털 가운을 걸치고 있었다. 두툼하게 올라온 하얀색 모자와 머리카락 옆으로 목깃이 길게 늘어진 옷은 조로아스터교의 사제복이었다. 조로아스터교는 고대에 '불 숭배자'라고도 불렸는데, 지식을 탐닉하고 지혜를 추종하는 종교라고 알려져 있었다.

"환영합니다."

아르타반은 낮은 목소리로 사람들의 이름을 하나하나 부르며 다정히 반겼다.

"반갑습니다, 아브두스. 로다스페스와 티그라네스여, 그리고 나의 아버지 아브가루스여. 언제나 평안하시기를 바랍니다. 여러분 덕분에 온 집 안이 기쁨으로 밝아지는 것 같습니다."

총 아홉 명의 남자가 들어왔다. 나이는 모두 제각각이었지만, 하나같이 화려한 비단옷을 입은 걸 보니 페르시아의 귀족 혹은 그 이상으로 부유한 사람들이 분명했다. 또한 목깃이 길게 늘어진 의복과 가슴팍에 금실로 수 놓인 문장은 그들 역시 조로아스터교의 사제들임을 나타내고 있었다.

They took their places around a small black altar at the end of the room, where a tiny flame was burning. Artaban, standing beside it, and waving a barsom of thin tamarisk branches above the fire, fed it with dry sticks of pine and fragrant oils. Then he began the ancient chant of the Yasna, and the voices of his companions joined in the hymn to Ahura-Mazda:

We worship the Spirit Divine,

    all wisdom and goodness possessing,

Surrounded by Holy Immortals,

    the givers of bounty and blessing;

We joy in the work of His hands,

    His truth and His power confessing.

We praise all the things that are pure,

    for these are His only Creation

The thoughts that are true, and the words

새카만 제단 위에는 작은 불꽃이 타오르고 있었다. 아홉 명의 남자들은 불꽃을 바라보며 둘러앉았고, 아르타반은 제단 옆에 서서 가는 능수버들 막대기를 흔들었다. 향유를 뿌리고 마른 잔가지를 더하며 아르타반은 고대 성가인 야스나를 부르기 시작했고, 그들이 믿는 아후라 마즈다 신을 찬양하는 부분이 되자 다른 이들도 목소리를 더했다.

선하고 지혜로우신

신령님께 비나이다

꺼지지 않을 신령으로

축복을 내리시니

위대하심에 기뻐하며

진리와 능력을 받드나이다.

순수함을 찬양하오니

태초의 상태를 바라나이다.

생각을 진실되게 하시옵고

and the deeds that have won approbation;

These are supported by Him,

and for these we make adoration.

Hear us, O Mazda! Thou livest

in truth and in heavenly gladness;

Cleanse us from falsehood, and keep us

from evil and bondage to badness,

Pour out the light and the joy of Thy life

on our darkness and sadness.

Shine on our gardens and fields,

shine on our working and waving;

Shine on the whole race of man,

believing and unbelieving;

Shine on us now through the night,

Shine on us now in Thy might,

The flame of our holy love

말과 행동을 선하게 다듬으시며
당신께서 보시기에 흡족하도록
　　온 삶으로 노래하나이다.
마즈다여, 들으시옵소서
　　천국과 진리와 기쁨 속에서
우리의 거짓을 씻어 주시고
　　악행에 미혹되지 않도록 하소서
깊은 어둠과 절망 속에 있더라도
　　당신의 빛과 기쁨을 보게 하소서

우리의 정원과 들판을 비추시고
　　우리의 일과 역경까지 비추소서
신자와 불신자를 모두 비추시어
　　모든 인간을 동일하게 비추소서
지금부터 이밤의 끝까지 비추시고
당신의 뜻대로 비추소서
우리의 열렬한 사랑과 이 불꽃과

and the song of our worship receiving.

The fire rose with the chant, throbbing as if the flame responded to the music, until it cast a bright illumination through the whole apartment, revealing its simplicity and splendour.

The floor was laid with tiles of dark blue veined with white; pilasters of twisted silver stood out against the blue walls; the clear-story of round-arched windows above them was hung with azure silk; the vaulted ceiling was a pavement of blue stones, like the body of heaven in its clearness, sown with silver stars. From the four corners of the roof hung four golden magic-wheels, called the tongues of the gods. At the eastern end, behind the altar, there were two dark-red pillars of porphyry; above them a lintel of the same stone, on which was carved the figure of a winged archer, with his arrow set

이 경배의 노래를 받으시옵소서.

마치 성가에 화답하려는 것처럼, 노래가 깊어질수록 제단 위의 불꽃도 더욱더 거세게 일렁이며 몸집을 불려 나갔다. 작았던 불꽃은 커다란 빛이 되었고, 어둠으로 가려져 있던 회의장이 그 소박하되 웅장한 모습을 드러냈다.

회의장의 바닥에는 짙푸른 색 타일 사이로 하얀 실선이 동맥처럼 이리저리 뻗어 나가고 있었고, 짙푸른 벽면과 대비되는 은빛 벽기둥이 빙글빙글 돌아가며 튀어나와 있었다. 아치형 채광창은 하늘 높이 달려 있었고, 마찬가지로 둥글게 설계된 아치형 천장은 은빛이 반짝이는 짙푸른 색 돌로 뒤덮여 있었다. 그래서인지 실내에서 올려다보는 천장의 모습은 마치 수많은 별이 반짝이는 맑은 천국의 하늘처럼 느껴지기도 했다.

사방에는 신의 혓바닥이라는 별명을 가진 황금 바퀴가 매달려 있었고, 재단 뒤편에는 옥상으로 향하는 출입문이 있었다. 출입문의 양옆에는 짙은 적색 반암 기둥과 두 기둥을 가로지르는 상인방이 있었는데, 그 위에 새겨진 조각 속에는 날개

to the string and his bow drawn.

The doorway between the pillars, which opened upon the terrace of the roof, was covered with a heavy curtain of the colour of a ripe pomegranate, embroidered with innumerable golden rays shooting upward from the floor. In effect the room was like a quiet, starry night, all azure and silver, flushed in the cast with rosy promise of the dawn. It was, as the house of a man should be, an expression of the character and spirit of the master.

He turned to his friends when the song was ended, and invited them to be seated on the divan at the western end of the room.

"You have come to-night," said he, looking around the circle, "at my call, as the faithful scholars of Zoroaster, to renew your worship and rekindle your faith in the God of Purity, even as this fire has been rekindled on the altar. We worship not the fire, but Him of whom it is

달린 궁수가 활시위를 당기고 있었다.

잘 익은 석류만큼이나 붉은 장막이 출입문을 가로막고 있었는데, 황금 빛줄기가 바닥의 한 지점에서 시작하여 사방으로 뻗어 나가는 모습으로 자수가 놓여 있었다.

그래서인지 회의장은 반짝이는 별이 수놓인 새카만 밤과 아침이면 어김없이 솟아오를 여명에 대한 약속이 공존하는 것 같았다. 어느 집이나 마찬가지겠지만, 집은 주인인 아르타반의 영혼을 공간으로 나타낸 모습이었다.

노래가 끝나자 아르타반은 서쪽을 향해 손을 뻗으며 길게 늘어진 침대형 앉은뱅이 의자에 함께 둘러앉자고 친우들에게 제안했다.

"조로아스터의 충직한 학자분들이시여. 저의 요청에 이 자리에 모여 주셔서 고맙습니다. 물론 여러분은 순백의 신을 숭배하고 본질을 갈망하는 그 마음을 다잡기 위해서 오셨을 것입니다. 이 제단의 불꽃을 한 번씩 다시 점화해야 하는 것처럼, 믿음도 이따금 다시 불을 붙여 주어야 하기 때문입니다. 우리가 숭배하는 것은 이 불이 아닙니다. 다만 신의 피조물 중에 가장

the chosen symbol, because it is the purest of all created things. It speaks to us of one who is Light and Truth. Is it not so, my father?"

"It is well said, my son," answered the venerable Abgarus. "The enlightened are never idolaters. They lift the veil of form and go in to the shrine of reality, and new light and truth are coming to them continually through the old symbols."

"Hear me, then, my father and my friends," said Artaban, "while I tell you of the new light and truth that have come to me through the most ancient of all signs.

We have searched the secrets of Nature together, and studied the healing virtues of water and fire and the plants. We have read also the books of prophecy in which the future is dimly foretold in words that are hard to understand. But the highest of all learning is the knowledge of the stars. To trace their course is to

태초의 상태를 그대로 유지하고 있는 것이기에, 이 불은 그분을 상징하고 있습니다. 또한 이 불은 빛과 진리에 관하여 우리에게 말해 주고 있습니다. 아버지시여, 제 말이 맞습니까?"

시선 끝에는 존경받는 노학자 아브가루스가 있었다.

"그렇다, 나의 아들아. 깨달음을 쫓는다면 맹목적인 숭배자가 되는 것을 절대로 경계해야 할 것이니라. 형태라는 장막을 걷고 현실이라는 성전에 들어갈 때, 오래된 상징은 새로운 빛과 진리를 드러낼지니라."

"그렇다면 나의 아버지시여, 그리고 나의 친우들이시여. 제 이야기를 들어 주시기를 바랍니다. 고대의 표식이 제게 새로운 빛과 진리를 보여 주었습니다.

지금까지 저희는 자연의 비밀을 연구해 왔습니다. 물과 불과 식물을 탐구하며 어떻게 치유가 일어나는지를 연구했지요. 그리고 모호하고 난해한 단어로 미래에 일어날 일들을 묘사한 예언서를 읽어 왔습니다. 그렇게 우리는 알게 되었습니다. 가장 뛰어난 배움은 별에 관한 지식이라는 것을 말입니다. 별의 움직임을 처음부터 끝까지 쫓을 수 있다면, 생명이라는 신비를 풀

untangle the threads of the mystery of life from the beginning to the end. If we could follow them perfectly, nothing would be hidden from us.

But is not our knowledge of them still incomplete? Are there not many stars still beyond our horizon--lights that are known only to the dwellers in the far south-land, among the spice-trees of Punt and the gold mines of Ophir?"

There was a murmur of assent among the listeners.

"The stars," said Tigranes, "are the thoughts of the Eternal. They are numberless. But the thoughts of man can be counted, like the years of his life. The wisdom of the Magi is the greatest of all wisdoms on earth, because it knows its own ignorance. And that is the secret of power. We keep men always looking and waiting for a new sunrise. But we ourselves understand that the darkness is equal to the light, and that the conflict

어낼 실마리를 얻게 될 것입니다. 별의 움직임을 완벽하게 쫓을 수만 있다면, 세상의 모든 비밀이 우리 앞에 모습을 드러낼 것입니다. 그러나 우리는 별에 관하여 완전히 알 수 없지 않습니까? 우리의 시선이 닿지 않는 저 지평선 너머에도 수많은 별이 떠오릅니다. 오피르의 황금광산이나 푼트나무 사이로만 떠오르는 별이 분명히 있으며, 그 별을 볼 수 있는 사람들만이 알고 있는 지식이 분명 있을 것입니다. 그렇지 않습니까?"

사람들이 동조하듯 웅성거리자 티그라네스가 나섰다.

"별의 움직임은 영원토록 이어지는 생각과도 같네. 시작과 끝이 어디인지 아무도 알 수가 없지. 그러나 사람의 생각은 다르지 않나. 태어나서 지금까지 살아온 세월을 헤아리듯 시작과 끝을 셀 수가 있어. 우리 같은 조로아스터의 사제들이 위대한 지혜를 가지고 있다고 추앙받는 이유를 알고 있는가? 스스로가 가진 지식의 한계를 인정하기 때문일세. 그게 우리가 가진 힘의 비밀이야. 새로운 태양이 언젠간 떠오르리라 사람들에게 희망을 심어 주는 것이 우리의 역할이지만, 사실 우리는 알고 있지 않은가. 빛과 어둠은 동일한 힘을 가지고 있으며, 빛과 어둠 사

between them will never be ended."

"That does not satisfy me," answered Artaban, "for, if the waiting must be endless, if there could be no fulfilment of it, then it would not be wisdom to look and wait. We should become like those new teachers of the Greeks, who say that there is no truth, and that the only wise men are those who spend their lives in discovering and exposing the lies that have been believed in the world. But the new sunrise will certainly appear in the appointed time. Do not our own books tell us that this will come to pass, and that men will see the brightness of a great light?"

"That is true," said the voice of Abgarus; "every faithful disciple of Zoroaster knows the prophecy of the Avesta, and carries the word in his heart. `In that day Sosiosh the Victorious shall arise out of the number of the prophets in the east country. Around him shall shine

이를 오가는 인간의 갈등은 영원토록 이어질 것을 말일세."

"저희는 거기에 만족할 수 없습니다. 저희가 추구하는 것이 끝도 보상도 없는 끝없는 기다림이라면, 그저 계속 기다리는 것이 지혜롭다고 할 수 있겠습니까? 요즘 그리스에서 새로이 주목받는 스승들을 우리는 본받아야 합니다. 그들은 당연한 진리란 존재하지 않는다고 가르칩니다. 지혜로운 사람이라면, 당연하다고 전제된 것들의 거짓된 실체를 드러내기 위해 일생을 바쳐야 한다고 그들은 주장합니다. 때가 되면 새로운 태양은 분명히 떠오를 것이라고 저는 믿습니다. 이 또한 지나가리라, 위대한 빛의 광휘를 목격하게 되리라. 아베스타 성서에서 예언한 것이 아닙니까."

아르타반의 말에 노학자 아브가루스가 고개를 끄덕였다.

"맞다. 그것이 아베스타에 적힌 말씀이니라. 조로아스터의 신실한 사제라면 누구든 언제나 마음에 품고 있을 그 예언을 다시 한번 전한다. 소시오쉬의 날에 동쪽 나라의 예언자들 사이에서 진정한 승리자가 일어날지니, 장대한 광휘를 휘감고 이 땅에 나신 그는 영원불멸하고 불패 불가하여 죽은 자도 살려

a mighty brightness, and he shall make life everlasting, incorruptible, and immortal, and the dead shall rise again.'"

"This is a dark saying," said Tigranes, "and it may be that we shall never understand it. It is better to consider the things that are near at hand, and to increase the influence of the Magi in their own country, rather than to look for one who may be a stranger, and to whom we must resign our power."

The others seemed to approve these words. There was a silent feeling of agreement manifest among them; their looks responded with that indefinable expression which always follows when a speaker has uttered the thought that has been slumbering in the hearts of his listeners. But Artaban turned to Abgarus with a glow on his face, and said:

"My father, I have kept this prophecy in the secret

내실지니라.”

"아브가루스시여. 예언의 말씀은 우리로서는 영원히 이해하지 못할 말입니다. 아주 난해하게 적혀 있지 않습니까. 그러니 아르타반 자네도 조금 더 현실적인 문제를 놓고 고민을 하는 것이 현명하지 않겠는가? 이를테면 우리 사제들이 이 나라에서 조금 더 큰 영향력을 행사하기 위해서는 어떻게 해야 할지 말일세. 그 편이 예언의 이방인을 쫓는 것보다는 나을 것 같다고 생각하네. 심지어 그 이방인이 실제로 나타난다면 우리의 영광과 권력을 모두 빼앗아갈 것이 아닌가!”

티그라네스의 말에 나서서 동조하는 사람은 아무도 없었다. 하지만 이어지는 침묵과 서로 주고받는 눈빛 속에는 암묵적인 동의가 담겨 있었다. 각자의 마음을 명료하게 정의 내리지는 않았지만 티그라네스가 내뱉은 말들 자신의 마음 일부를 반영하고 있음을 깨달았기 때문이다.

그러나 아르타반은 이에 굴하지 않고 더욱 희망찬 표정으로 노학자 아브가루스를 향해 말했다.

"나의 아버지시여. 저 역시 영혼의 가장 비밀스러운 장소에

place of my soul. Religion without a great hope would be like an altar without a living fire. And now the flame has burned more brightly, and by the light of it I have read other words which also have come from the fountain of Truth, and speak yet more clearly of the rising of the Victorious One in his brightness."

He drew from the breast of his tunic two small rolls of fine parchment, with writing upon them, and unfolded them carefully upon his knee.

"In the years that are lost in the past, long before our fathers came into the land of Babylon, there were wise men in Chaldea, from whom the first of the Magi learned the secret of the heavens. And of these Balaam the son of Beor was one of the mightiest. Hear the words of his prophecy: 'There shall come a star out of Jacob, and a sceptre shall arise out of Israel.'"

The lips of Tigranes drew downward with contempt,

그 예언을 품고 살아왔습니다. 원대한 희망을 품지 않는 종교는 불꽃이 타오르지 않는 제단과도 같다고 생각합니다. 제 마음속 불꽃은 여느 때보다도 크게 활활 타오르며 또 다른 예언을 제 앞에 나타냈습니다. 이 예언은 우리가 마시는 그 진리의 샘에서 나온 것이 분명하며, 광휘를 휘감고 이 땅에 나와 승리하실 그 분을 명백하게 지명하고 있습니다."

아르타반은 입고 있는 튜닉의 안주머니에서 돌돌 말린 양피지 두 개를 꺼내어 자신의 무릎에 펼쳐 놓고 읽어 내려가기 시작했다.

"지금은 아무도 기억하지 못하는 오랜 옛날이야기로, 우리들의 첫 번째 아버지가 바빌론 땅에 나타나기도 전의 일이다. 첫 번째 조로아스터의 사제로부터 천국의 비밀을 알게 된 지혜로운 사람들이 갈데아 지역에 모여 살았는데, 그 사람들 중 가장 뛰어난 예언자는 브올의 아들 발람으로, 그는 이렇게 예언한 바 있다. 야곱으로부터 별이 떠오를지니 이스라엘이 다시 일어나리로다."

그때, 티그라네스가 경멸 어린 표정으로 아르타반을 노려보

as he said:

"Judah was a captive by the waters of Babylon, and the sons of Jacob were in bondage to our kings. The tribes of Israel are scattered through the mountains like lost sheep, and from the remnant that dwells in Judea under the yoke of Rome neither star nor sceptre shall arise."

"And yet," answered Artaban, "it was the Hebrew Daniel, the mighty searcher of dreams, the counsellor of kings, the wise Belteshazzar, who was most honoured and beloved of our great King Cyrus. A prophet of sure things and a reader of the thoughts of the Eternal, Daniel proved himself to our people. And these are the words that he wrote." (Artaban read from the second roll:)

"'Know, therefore, and understand that from the going forth of the commandment to restore Jerusalem, unto the Anointed One, the Prince, the time shall be seven and threescore and two weeks.'"

며 끼어들었다.

"유다는 바빌론의 포로였네. 야곱의 아들은 우리들의 왕을 모시던 노예였어. 이스라엘 사람들은 주인 잃은 양 떼처럼 산속으로 흩어진 지 오래고, 로마의 멍에를 짊어진 유대인들은 이제 여생 동안 근근이 살아가는 것 말고는 다른 방법이 없네. 그러니 그 민족에서는 새로운 별도 새로운 왕권도 일어날 일이 없을 걸세."

"그러나 유대인 다니엘은 꿈을 해석하는 재능으로 왕의 고문이 되었습니다. 마찬가지로 유대인 벨드사살은 지혜로운 사람이라는 칭호를 받아 키루스 왕의 측근 자리에 머물렀지요. 예언과 영원 사상을 해석하는 능력으로 우리 조로아스터의 사제들에게도 인정받은 다니엘은 이렇게 예언하기도 했습니다."

아르타반은 두 번째 스크롤을 읽어 내려가기 시작했다.

"그러므로 너는 깨달아 알게 될지니라. 예루살렘을 중건하는 영이 날 때부터 기름 부음을 받은 자 곧 왕이 일어나기까지 일곱 이레와 예순두 이레가 지날 것이오."

이에 노학자 아브가루스가 걱정스럽게 타일렀다.

"But, my son," said Abgarus, doubtfully, "these are mystical numbers. Who can interpret them, or who can find the key that shall unlock their meaning?"

Artaban answered: "It has been shown to me and to my three companions among the Magi--Caspar, Melchior, and Balthazar.

We have searched the ancient tablets of Chaldea and computed the time. It falls in this year. We have studied the sky, and in the spring of the year we saw two of the greatest planets draw near together in the sign of the Fish, which is the house of the Hebrews. We also saw a new star there, which shone for one night and then vanished. Now again the two great planets are meeting. This night is their conjunction.

My three brothers are watching by the ancient Temple of the Seven Spheres, at Borsippa, in Babylonia, and I am watching here. If the star shines again, they will wait

"아들아. 숫자는 상징일 뿐임을 너도 알고 있지 않더냐. 그 상징을 누가 해석할 것이며, 그 의미를 풀어낼 열쇠를 누가 찾아낼 수 있겠느냐."

"아버지시여. 그 의미가 제 앞에 모습을 드러냈습니다. 목격한 것은 저뿐만이 아닙니다. 조로아스터의 신실한 사제인 세 명의 친우들도 보았습니다. 가스파르, 멜키오르, 발타사르가 그 세 명입니다.

저희는 칼데아의 고대 명판을 찾아보았고, 시간을 계산해 보았습니다. 예언이 말하는 날짜는 올해가 분명합니다. 이에 저희는 밤하늘을 지속해서 관찰해 왔고, 지난봄 두 개의 행성이 물고기 문양을 그리며 가까워지는 것을 목격했습니다. 그리고 새로운 별이 떠오른 것 또한 분명히 보았습니다. 비록 하룻밤 사이에 그 모습을 감춰 버리긴 했지만 말입니다. 오늘 밤, 두 행성은 교차하게 될 것입니다.

앞서 말씀드린 세 명은 바빌로니아에 있는 보르시파 지구라트 성탑에서 하늘을 관측하고 있습니다. 저는 이곳에서의 관측을 맡았지요. 만일 새로운 별이 반짝이는 모습을 다시 포착한

ten days for me at the temple, and then we will set out together for Jerusalem, to see and worship the promised one who shall be born King of Israel. I believe the sign will come.

I have made ready for the journey. I have sold my possessions, and bought these three jewels--a sapphire, a ruby, and a pearl--to carry them as tribute to the King. And I ask you to go with me on the pilgrimage, that we may have joy together in finding the Prince who is worthy to be served."

While he was speaking he thrust his hand into the inmost fold of his, girdle and drew out three great gems--one blue as a fragment of the night sky, one redder than a ray of sunrise, and one as pure as the peak of a snow-mountain at twilight--and laid them on the outspread scrolls before him.

But his friends looked on with strange and alien eyes.

다면, 그들은 저를 열흘간 그곳에서 기다리고 저는 그들과 합류하여 함께 예루살렘으로 향할 것입니다. 이스라엘의 왕이 되실 그분 앞에 무릎을 꿇기 위해서입니다. 표식은 분명히 나타날 것입니다.

저는 이미 떠날 준비를 모두 마쳤습니다. 제가 가진 모든 것을 팔아 왕께 진상할 세 가지 보석을 준비하였습니다. 보십시오. 사파이어와 루비와 진주입니다. 이제, 친우분들께 묻습니다. 우리가 마땅히 섬겨야 할 왕자님을 만나러 가는 이 순례의 길에 함께 오르실 분은 누구십니까? 그 벅찬 기쁨을 누리실 분이 누구십니까!"

이야기를 끝마치면서 아르타반은 옷의 가장 안쪽 주머니에서 세 개의 보석을 꺼내어 놓았다. 펼쳐진 두루마리 옆에서 반짝이는 세 개의 보석은 찬란하게 빛나고 있었다. 짙푸른 사파이어는 마치 반짝이는 밤하늘 같았고, 붉은 루비는 태양 빛보다도 더 찬란하게 빛났으며, 희고 맑은 진주는 마치 황혼녘 설산처럼 청명했다.

하지만 아르타반이 친우라 지칭한 이들은 그저 퉁명스러운

A veil of doubt and mistrust came over their faces, like a fog creeping up from the marshes to hide the hills. They glanced at each other with looks of wonder and pity, as those who have listened to incredible sayings, the story of a wild vision, or the proposal of an impossible enterprise.

At last Tigranes said: "Artaban, this is a vain dream. It comes from too much looking upon the stars and the cherishing of lofty thoughts. It would be wiser to spend the time in gathering money for the new fire-temple at Chala. No king will ever rise from the broken race of Israel, and no end will ever come to the eternal strife of light and darkness. He who looks for it is a chaser of shadows. Farewell."

And another said: "Artaban, I have no knowledge of these things, and my office as guardian of the royal treasure binds me here. The quest is not for me. But if

표정으로 그를 바라보고 있었다. 습지에서 피어난 안개가 스멀스멀 언덕을 뒤덮는 것처럼, 의심과 불신이 피어나 그들의 얼굴을 자욱하게 덮었다. 마치 허황한 꿈을 꾸며 실현 불가능한 거래를 제안하는 사람을 바라보는 것처럼, 그들은 혀를 끌끌 차면서 눈빛을 주고받았다.

정적을 깨트린 것은 티그라네스였다.

"역시나 자네는 헛된 꿈을 꾸고 있군. 너무 오랫동안 하늘의 별만 바라본 것이 아닌가. 찰라 마을에 새로운 불의 사원을 짓기 위한 헌금을 모으는 걸 알고는 있나? 이스라엘 민족은 이미 분열된 지 오래고, 같은 뿌리를 가진 왕은 태어나지 않을 걸세. 빛과 어둠의 갈등은 영원토록 계속되어 왔으니 앞으로도 계속될 것이네. 그러니 그 끝을 쫓는 것은 제 그림자를 잡기 위해 영원히 달려가는 것과도 같지. 나는 그럼 이만 가 보겠네."

그러자 다른 이들도 한 명씩 다가와 말을 건넸다.

"아르타반. 내 비록 자네가 말하는 지식은 가지지 못했지만 왕실 보물의 수호자라는 중요한 역할을 맡고 있다네. 그 일을 내려놓고 순례길에 동참하는 건 불가능할 것 같구먼. 그러나

thou must follow it, fare thee well."

And another said: "In my house there sleeps a new bride, and I cannot leave her nor take her with me on this strange journey. This quest is not for me. But may thy steps be prospered wherever thou goest. So, farewell."

And another said: "I am ill and unfit for hardship, but there is a man among my servants whom I will send with thee when thou goest, to bring me word how thou farest."

So, one by one, they left the house of Artaban. But Abgarus, the oldest and the one who loved him the best, lingered after the others had gone, and said, gravely: "My son, it may be that the light of truth is in this sign that has appeared in the skies, and then it will surely lead to the Prince and the mighty brightness. Or it may be that it is only a shadow of the light, as Tigranes has said, and then he who follows it will have a long pilgrimage and a fruitless search. But it is better to follow even the

자네가 꼭 가겠다면, 그 여정이 무탈하기를 기도해 주겠네."

"저는 이제 막 결혼한 아내가 집에서 기다리고 있습니다. 그 기이한 여정에 아내를 데리고 갈 수는 없는 일 아니겠습니까? 그러니 저는 함께 갈 수 없겠지만, 형님이 가시는 길목마다 작은 성취가 따르시기를 바라겠습니다."

"나는 건강이 나빠서 모험에 적합하지 않은 몸일세. 그러나 아주 건장한 하인을 데리고 있으니, 필요하면 주겠네. 그가 자네의 여정을 모두 보고 내게 돌아와 말해 줄 수 있을 테니."

그렇게 한 명씩 아르타반에게 인사를 건네고 회의장을 떠났다. 마지막 남은 사람은 아르타반을 가장 많이 아끼는 노학자, 아브가루스였다.

"아들아. 네 말이 맞을 수 있으니, 진리의 빛이 너를 예언의 왕자께로 인도하기 위하여 그 모습을 드러낸 것일 수 있다. 그러나 티그라네스의 말이 맞을 수도 있느니라. 하늘에 나타난 것은 그저 빛의 그림자일 뿐이며, 순례의 길을 끝까지 견뎌 낸다 한들 결국 아무것도 발견하지 못할 수도 있다. 그러나 최악의 상황 속에서 최대한 만족하기 위해 애쓰기보다는, 최선의

shadow of the best than to remain content with the worst. And those who would see wonderful things must often be ready to travel alone. I am too old for this journey, but my heart shall be a companion of thy pilgrimage day and night, and I shall know the end of thy quest. Go in peace."

Then Abgarus went out of the azure chamber with its silver stars, and Artaban was left in solitude.

He gathered up the jewels and replaced them in his girdle. For a long time he stood and watched the flame that flickered and sank upon the altar. Then he crossed the hall, lifted the heavy curtain, and passed out between the pillars of porphyry to the terrace on the roof.

The shiver that runs through the earth ere she rouses from her night-sleep had already begun, and the cool wind that heralds the daybreak was drawing downward from the lofty snow-traced ravines of Mount Orontes. Birds, half-awakened, crept and chirped among the

그림자라도 쫓는 것이 더 나은 삶 아니겠느냐? 게다가, 위대한 무언가를 목격하기 위해서 때로는 홀로 떠나야 하는 법이니라. 나는 이제 여행을 떠나기에는 너무 늙어 버렸구나. 그러나 마음만은 네 순례의 길에 밤이고 낮이고 함께하겠다. 끝은 이미 예언되었으니, 평안한 마음으로 떠나거라."

노학자 아브가루스가 마지막으로 회의장을 떠나자, 은빛 반짝이는 푸른 천장 아래 아르타반은 홀로 남겨졌다.

아르타반은 두루마리 옆에 꺼내 두었던 세 개의 보석을 다시 집어 들고 품속 가장 깊은 곳에 고이 넣어 두었다. 우두커니 서서 제단의 불꽃이 모두 사그라들어 완전히 재가 될 때까지 지켜본 아르타반은 묵직한 장막을 걷고 반암 기둥 사이를 지나 옥상으로 나갔다.

눈 덮인 오론테스 산의 꼭대기에서 새벽을 알리는 서늘한 바람이 불어왔다. 좁고 험한 골짜기를 헤치고 찾아온 바람은 잠이 물러가기도 전에 대지에 전율을 일으켰다. 반쯤 뜬 게슴츠레한 눈으로 새들은 바스락거리는 나뭇잎 사이를 짹짹거리며 다녔고, 잘 익은 포도의 향기가 포도나무 정자에서 바람을 타

rustling leaves, and the smell of ripened grapes came in brief wafts from the arbours.

Far over the eastern plain a white mist stretched like a lake. But where the distant peaks of Zagros serrated the western horizon the sky was clear. Jupiter and Saturn rolled together like drops of lambent flame about to blend in one.

As Artaban watched them, a steel-blue spark was born out of the darkness beneath, rounding itself with purple splendours to a crimson sphere, and spiring upward through rays of saffron and orange into a point of white radiance. Tiny and infinitely remote, yet perfect in every part, it pulsated in the enormous vault as if the three jewels in the Magian's girdle had mingled and been transformed into a living heart of light.

He bowed his head. He covered his brow with his hands.

고 넘실넘실 흘러들었다.

동쪽의 평원에는 하얀 안개가 호수처럼 자욱하게 깔려 있었지만 서쪽의 하늘은 그저 새카맣고 맑아서 눈 덮인 자그로스 봉우리가 선명하게 보였다. 아직 컴컴한 하늘에는 목성과 토성이 하나로 합쳐질 듯이 부유하고 있었다. 마치 일렁이는 불꽃에서 튀어 오른 불티가 이리저리 뒤엉킨 것 같았다.

아르타반이 하늘을 응시하는 동안, 깊은 어둠 속에서 강철 같은 불티가 생겨났다. 푸른 불티에서 자줏빛 광채가 피어오르더니 진홍빛 구체로 변이했고, 변이한 구체는 붉은빛 광선의 궤도를 남기며 쏘아 올려져 곧이어 하얀 빛 덩어리가 되었다.

아르타반은 모든 것이 완벽하게 맞아들어 간다고 생각했다. 안주머니에 모셔 놓은 세 개의 보석이 하나로 합쳐져 살아 있는 거대한 마음으로 변한 것 같다고, 그러니까 방금 자신이 목격한 것은 어떤 위대한 서사의 시작을 의미하는 게 분명하다고, 그렇게 생각했다.

"표식입니다."

아르타반은 경건하게 자신의 손을 이마에 가져다 댔다.

"It is the sign," he said. "The King is coming, and I will go to meet him."

"왕께서 오시고 계십니다. 마중을 나가야겠습니다."

제 2 장
사파이어

All night long, Vasda, the swiftest of Artaban's horses, had been waiting, saddled and bridled, in her stall, pawing the ground impatiently, and shaking her bit as if she shared the eagerness of her master's purpose, though she knew not its meaning.

Before the birds had fully roused to their strong, high, joyful chant of morning song, before the white mist had begun to lift lazily from the plain, the Other Wise Man was in the saddle, riding swiftly along the high-road, which skirted the base of Mount Orontes, westward.

How close, how intimate is the comradeship between a man and his favourite horse on a long journey. It is a

밤이 새도록, 바스다는 안장과 굴레를 차고 발을 구르며 출발을 고대했다. 아르타반의 말 중에서 가장 빠른 속도를 자랑하는 바스다는 여정을 준비하는 제 주인의 뜻이나 목표는 알지 못하지만 그가 품은 열정만큼은 저도 똑같이 느끼는 듯이 몸을 부르르 떨었다.

희망찬 목소리로 성가를 지저귀며 아침을 알리는 새들이 잠에서 깨어나기도 전에, 온 땅에 내려앉은 게으른 안개가 미처 물러가기도 전에, 아르타반과 바스다는 빠른 속도로 도로를 박차고 달렸다. 둘은 오론테스 산자락을 따라 서쪽으로 계속해서 달려나갔다.

긴 여정을 함께하는 동안 그 둘이 어찌나 가까워졌는지! 둘은 서로에게 가장 훌륭한 동료이자 친구가 되어 주었다. 말은

silent, comprehensive friendship, an intercourse beyond the need of words.

They drink at the same way-side springs, and sleep under the same guardian stars. They are conscious together of the subduing spell of nightfall and the quickening joy of daybreak.

The master shares his evening meal with his hungry companion, and feels the soft, moist lips caressing the palm of his hand as they close over the morsel of bread. In the gray dawn he is roused from his bivouac by the gentle stir of a warm, sweet breath over his sleeping face, and looks up into the eyes of his faithful fellow-traveller, ready and waiting for the toil of the day.

Surely, unless he is a pagan and an unbeliever, by whatever name he calls upon his God, he will thank Him for this voiceless sympathy, this dumb affection, and his morning prayer will embrace a double blessing--God

통하지 않았다. 그러나 둘의 우정은 언어의 필요를 뛰어넘는, 고요하고 수용적인 우정이었다.

샘물이 나타나면 둘은 나란히 서서 함께 물을 마셨다. 수호자의 별이 뜨면 나란히 누워 잠이 들었다. 해가 넘어가면 그 은은한 어둠 속에 함께 젖어 들었고, 해가 떠오르면 활기찬 기쁨에 함께 달려나갔다.

아르타반은 언제나 자신의 저녁 식사를 허기진 동료와 나누었다. 빵을 작은 조각으로 떼어 바스다의 입에 넣어 줄 때, 손바닥에 와 닿는 입술의 축축하고 부드러운 촉감에 위로를 받았다. 야영을 할 때면 바스다는 잠든 아르타반의 얼굴 위로 조심스럽게 숨을 내뱉으며 날이 밝아 옴을 알렸고, 아르타반은 그날의 여정을 잔뜩 기대하는 눈빛으로 자신을 내려다보는 충실한 동료의 얼굴을 보며 아침을 맞았다.

아르타반이 신을 믿는 사람이었다면, 목소리 없는 이 순수한 애정을 허락하심에 감사 기도를 올렸을 것이다. 그가 신을 어떤 이름으로 불렀을지는 상관없다. 말 위에 탄 기수와 달리는 말에게 동일한 축복을 내려 달라고, 떨어지거나 넘어지지 않

bless us both, the horse and the rider, and keep our feet from falling and our souls from death!

Then, through the keen morning air, the swift hoofs beat their tattoo along the road, keeping time to the pulsing of two hearts that are moved with the same eager desire--to conquer space, to devour the distance, to attain the goal of the journey.

Artaban must indeed ride wisely and well if he would keep the appointed hour with the other Magi; for the route was a hundred and fifty parasangs, and fifteen was the utmost that he could travel in a day. But he knew Vasda's strength, and pushed forward without anxiety, making the fixed distance every day, though he must travel late into the night, and in the morning long before sunrise.

He passed along the brown slopes of Mount Orontes, furrowed by the rocky courses of a hundred torrents.

도록 보호하시고 사망으로부터 각자의 영혼을 지켜 달라고, 제과묵한 동료의 몫까지 기도했을 것이다.

둘은 날카로운 새벽 공기를 가르며 달려 나갔다. 말발굽이 바닥을 치는 소리가 울려 퍼졌고, 바닥에는 선명한 발자국이 남았다. 거리를 집어삼키며 목적지를 향해 달려 나가는 동안, 아르타반과 바스다는 마치 한 심장을 공유하는 것처럼 박동을 같이했다.

약속한 시각까지 목적지에 도착하려면 현명하게 계획을 세워 움직여야 했다. 출발지에서 목적지까지는 150페르상이나 떨어져 있었고, 둘이 하루에 달릴 수 있는 거리는 15페르상이 최대였다. 둘은 매일매일 이른 아침부터 늦은 밤까지 쉬지 않고 달려야 했다. 그러나 아르타반은 바스다가 얼마나 강인한 말인지 믿고 있었기에 그 빠듯한 일정에 불안을 느끼지 않았다. 바스다 역시 그의 기대에 부응하기 위해 매일 일정한 거리를 가뿐히 달려냈다.

오론테스 산의 언덕을 굽이굽이 지나는 동안 급류와 바위를 백 번 이상 뛰어넘었다.

He crossed the level plains of the Nisaeans, where the famous herds of horses, feeding in the wide pastures, tossed their heads at Vasda's approach, and galloped away with a thunder of many hoofs, and flocks of wild birds rose suddenly from the swampy meadows, wheeling in great circles with a shining flutter of innumerable wings and shrill cries of surprise.

He traversed the fertile fields of Concabar, where the dust from the threshing-floors filled the air with a golden mist, half hiding the huge temple of Astarte with its four hundred pillars.

At Baghistan, among the rich gardens watered by fountains from the rock, he looked up at the mountain thrusting its immense rugged brow out over the road, and saw the figure of King Darius trampling upon his fallen foes, and the proud list of his wars and conquests graven high upon the face of the eternal cliff.

바스다가 달려오는 소리에 니사에안의 평원에서 풀을 뜯던 말들이 고개를 들었고, 바스다가 가까이 다가오자 수천 개의 말발굽이 천둥 같은 소리를 내며 뒤따라 질주했다. 목초지를 달리는 요란한 소리에 늪지에서 휴식하던 들새 수백 마리가 깜짝 놀라 하늘로 날아올랐고, 날아오른 새들은 무리지어 하나의 커다란 원을 그리며 날개를 활짝 편 채로 달리는 말들 위를 빙글빙글 돌았다.

콘카바르의 비옥한 들판을 달릴 때는 타작마당에서 피어난 연기가 황금빛 안개처럼 자욱이 피어올랐다. 피어오른 연기는 거대한 아스타르테 사원을 받치는 400개의 기둥을 가리며 사원이 허공에 둥둥 떠 있는 것처럼 보이게 했다.

바그히스탄을 지나는 동안에는 바위 사이로 분수가 솟아올랐다. 커다란 산은 울퉁불퉁한 이마를 도로 위로 내밀고 있었고, 터져 나온 물줄기는 주변에 만개한 꽃들을 싱그럽게 적시었다. 영원 절벽에는 다리우스 왕이 쓰러진 적군을 밟고 있는 모습이 조각되어 있었고, 그 옆에는 그가 승리를 거둔 전쟁과 정복한 땅의 목록이 자랑스럽게 명시되어 있었다.

Over many a cold and desolate pass, crawling painfully across the wind-swept shoulders of the hills; down many a black mountain-gorge, where the river roared and raced before him like a savage guide; across many a smiling vale, with terraces of yellow limestone full of vines and fruit-trees; through the oak-groves of Carine and the dark Gates of Zagros, walled in by precipices; into the ancient city of Chala, where the people of Samaria had been kept in captivity long ago; and out again by the mighty portal, riven through the encircling hills, where he saw the image of the High Priest of the Magi sculptured on the wall of rock, with hand uplifted as if to bless the centuries of pilgrims; past the entrance of the narrow defile, filled from end to end with orchards of peaches and figs, through which the river Gyndes foamed down to meet him; over the broad rice-fields, where the autumnal vapours spread their

둘은 춥고 황량한 길을 뚜벅뚜벅 걸어 나갔고, 언덕 사이로 밀려드는 칼바람을 피하기 위해 때로는 바닥을 기었다. 새카만 협곡을 지나며 야만인처럼 세찬 소리를 내지르는 강물 옆을 지나갔고, 잔잔하게 흐르는 계곡을 여러 번 건넜다.

계단 모양으로 침식된 노란 석회암 위에는 나무 덩굴이 가득했는데, 덩굴마다 열매가 주렁주렁 매달려 있었다. 카린의 떡갈나무 아래를 지났고, 깎아지는 벼랑 끝에 서 있는 자그로스 문을 통과했다. 그러고는 아주 오래전 사마리아 사람들이 포로로 잡혀 있었던 고대 도시 '찰라'로 들어갔다. 아직도 남아 있는 웅장한 문을 통과하여 도시에서 빠져나왔고, 포위하듯 굽이굽이 늘어선 언덕을 가로질러 걸었다.

깎아지듯 한쪽 옆을 가로막은 거대한 절벽에는 수백 년간 이어진 순례를 축복이라도 하려는 것처럼 두 손을 들고 있는 제사장의 모습이 새겨져 있었다. 좁은 골짜기를 지나 어느 문으로 들어가니 시선이 닿는 곳에는 온통 복숭아와 무화과가 가득 열린 과수원이 나타났다. 옆으로는 갠지스 강이 부글부글 거품을 만들며 둘을 향해 솟아올랐고, 그 강을 건너니 가을 안

deathly mists; following along the course of the river, under tremulous shadows of poplar and tamarind, among the lower hills; and out upon the flat plain, where the road ran straight as an arrow through the stubble-fields and parched meadows; past the city of Ctesiphon, where the Parthian emperors reigned, and the vast metropolis of Seleucia which Alexander built; across the swirling floods of Tigris and the many channels of Euphrates, flowing yellow through the corn-lands--Artaban pressed onward until he arrived, at nightfall on the tenth day, beneath the shattered walls of populous Babylon.

Vasda was almost spent, and Artaban would gladly have turned into the city to find rest and refreshment for himself and for her. But he knew that it was three hours' journey yet to the Temple of the Seven Spheres, and he must reach the place by midnight if he would find his comrades waiting. So he did not halt, but rode steadily

개가 죽음처럼 짙게 드리운 논밭이 나타났다.

둘은 강줄기를 따라 계속해서 걸었다. 포플러나무와 타마린드나무 그늘 아래를 걸었고, 언덕 중에서도 완만한 부분을 가로질러 걸었으며, 그루터기 들판과 마른 풀밭 사이로 쏘아진 화살처럼 반듯한 도로를 따라 광야로 나아갔다. 페르시아 황제가 통치하던 크레시폰이라는 도시를 지나갔고, 알렉산더 대왕이 건설했던 커다란 도시인 셀레우키아를 지나갔다. 홍수로 수위가 높아져 휘몰아치는 티그리스강을 건넜고, 여러 물길로 갈라진 유프라테스강을 지났다.

드넓게 펼쳐진 누런 옥수수밭 사이로 둘은 쉬지 않고 나아갔다. 해가 열 번 떠오르고 지는 동안, 바빌론의 무너진 성벽 아래에 도착하기 직전까지, 둘은 쉬지 않고 걸었다.

바스다는 거의 모든 힘을 다 소진한 상태였다. 평소의 아르타반이었다면 충분히 휴식을 취할 수 있는 곳으로 바스다를 이끌었겠지만, 목적지인 사원까지는 아직도 세 시간이나 더 가야 했다. 친우들은 오직 자정까지만 아르타반을 기다릴 것이었기에 도무지 휴식할 시간을 낼 수 없었다. 그래서 둘은 멈추지 않

across the stubble-fields.

A grove of date-palms made an island of gloom in the pale yellow sea.

As she passed into the shadow Vasda slackened her pace, and began to pick her way more carefully. Near the farther end of the darkness an access of caution seemed to fall upon her. She scented some danger or difficulty; it was not in her heart to fly from it--only to be prepared for it, and to meet it wisely, as a good horse should do.

The grove was close and silent as the tomb; not a leaf rustled, not a bird sang.

She felt her steps before her delicately, carrying her head low, and sighing now and then with apprehension. At last she gave a quick breath of anxiety and dismay, and stood stock-still, quivering in every muscle, before a dark object in the shadow of the last palm-tree.

Artaban dismounted. The dim starlight revealed the

고 그루터기 들판을 가로질러 달려 나갔다.

그 너머에 대추야자나무 숲이 나타났다. 창백한 모래 바다에 덩그러니 떠 있는 새카만 섬 같은 모습이었다.

바스다는 불안한 표정으로 혓바닥을 날름거리며 신중하게 걸음을 옮겼다. 바스다는 닥친 고난의 냄새를 맡을 수 있었는데, 이어지는 어둠의 끝에서 시련이 기다리고 있음을 본능적으로 직감했던 것이다. 도망치고 싶은 마음은 아니었다. 다만 위기의 상황이 발생했을 때 한 마리의 말이 떠올릴 수 있는 가장 현명한 방법으로 대처할 수 있도록 신중했을 뿐이었다.

숲은 고요했고, 그 고요함은 마치 무덤의 것과도 같았다. 바스락거리는 나뭇잎 하나, 지저귀는 새 한 마리 없었다.

바스다는 몸을 낮추고 조심스럽게 앞으로 나아갔다. 이따금 고요하게 한숨을 내뱉기도 했다. 한참을 걷다가 야자수 그늘 끝에서 어떤 검은 형상을 발견하고는 우뚝 섰는데, 불안감과 당혹감을 완화하기 위한 반응이었는지 온몸을 바들바들 떨며 숨을 가쁘게 몰아쉬었다.

아르타반은 말에서 내려 그 검은 형상에게 다가갔다. 희미

form of a man lying across the road. His humble dress and the outline of his haggard face showed that he was probably one of the Hebrews who still dwelt in great numbers around the city. His pallid skin, dry and yellow as parchment, bore the mark of the deadly fever which ravaged the marsh-lands in autumn. The chill of death was in his lean hand, and, as Artaban released it, the arm fell back inertly upon the motionless breast.

He turned away with a thought of pity, leaving the body to that strange burial which the Magians deemed most fitting--the funeral of the desert, from which the kites and vultures rise on dark wings, and the beasts of prey slink furtively away. When they are gone there is only a heap of white bones on the sand.

But, as he turned, a long, faint, ghostly sigh came from the man's lips. The bony fingers gripped the hem of the Magian's robe and held him fast.

했던 별빛이 밝게 쏟아져 내리며 도로 위를 비추었고, 쓰러져 있는 한 남자가 나타났다. 초라한 옷차림과 초췌한 몰골로 짐작해 보건대 남자는 도시에서 도망쳐 나온 유대인이 분명했다. 그 증거로, 그의 피부는 양피지 종이처럼 누렇게 말라 있었고, 지난해 습지를 모두 말려 버린 열병의 흔적이 역력했다. 아르타반은 남자의 손을 잡았다. 그러나 와닿는 서늘한 죽음의 온도에 아르타반은 잡았던 손을 놓치고 말았고, 남자의 손은 허망하게 그 앙상한 가슴 위로 떨어졌다.

가엾다고 생각하며 아르타반은 자리를 떠나기 위해 일어섰다. 어둠 속에서는 솔개와 독수리가 날개를 펼치며 솟아오르고 있었고, 맹수들이 은밀하게 사체를 향해 접근 중이었다. 그건 아르타반이 생각할 수 있는 최선의 사막 장례식이었기에 남자를 위해 해 줄 수 있는 것이 아무것도 없다고 생각했다. 의식이 끝나고 나면 이 자리에 남은 것은 백골뿐일 것이다.

그러나 아르타반이 돌아선 순간, 남자는 유령만큼이나 희미한 숨을 내뱉으며 앙상한 손가락을 움직여 아르타반의 옷자락을 붙잡았다.

Artaban's heart leaped to his throat, not with fear, but with a dumb resentment at the importunity of this blind delay.

How could he stay here in the darkness to minister to a dying stranger? What claim had this unknown fragment of human life upon his compassion or his service? If he lingered but for an hour he could hardly reach Borsippa at the appointed time. His companions would think he had given up the journey. They would go without him. He would lose his quest.

But if he went on now, the man would surely die. If Artaban stayed, life might be restored. His spirit throbbed and fluttered with the urgency of the crisis. Should he risk the great reward of his faith for the sake of a single deed of charity? Should he turn aside, if only for a moment, from the following of the star, to give a cup of cold water to a poor, perishing Hebrew?

심장이 목구멍으로 튀어 오를 것 같았다. 귀신이나 시체에서 느끼는 두려움 같은 감정이 아니었다. 일정을 지연시킬 것이 분명한 그 상황에 대한 원망이었다.

죽어 가는 낯선 이를 위해서 새카만 어둠에서 지체해야 하는 것인지 아르타반은 고민했다. 주변에 인기척이라고는 느껴지지 않으니 모른 척 지나가더라도 자신이 쌓아 온 선한 평판에는 아무런 영향을 주지 않을 것이었다. 남자를 돌보느라 한 시간이라도 지체한다면 약속 시각까지 보르시파에 도착할 수 없었고, 자정이 되면 친우들은 아르타반이 순례를 포기했다고 생각하여 출발할 것이다. 혼자서는 사막을 건널 수 없다.

하지만 방치한다면 남자는 분명히 빠르게 시체가 되어 갈 것이다. 아르타반이 돌보아 준다면 살아날 수 있을지도 모른다. 생사가 달린 갈등 앞에서 아르타반의 영혼이 욱신거렸다. 이방인에게 선행을 베풀기 위해서 중대한 사명과 신앙적 보상을 송두리째 포기해야 하는지, 죽어 가는 유대인 한 명에게 물 한 컵을 내어 주기 위해서 예언의 별을 놓쳐야만 하는 것인지, 아르타반은 고민 끝에 기도했다.

"God of truth and purity," he prayed, "direct me in the holy path, the way of wisdom which Thou only knowest."

Then he turned back to the sick man. Loosening the grasp of his hand, he carried him to a little mound at the foot of the palm-tree.

He unbound the thick folds of the turban and opened the garment above the sunken breast. He brought water from one of the small canals near by, and moistened the sufferer's brow and mouth. He mingled a draught of one of those simple but potent remedies which he carried always in his girdle--for the Magians were physicians as well as astrologers--and poured it slowly between the colourless lips. Hour after hour he laboured as only a skilful healer of disease can do. At last the man's strength returned; he sat up and looked about him.

"Who art thou?" he said, in the rude dialect of the country, "and why hast thou sought me here to bring

"진리와 순백의 신이시여. 위대한 지혜를 나누어 주십시오. 신성한 길로 저를 인도하여 주십시오."

주먹 쥔 손등에 핏줄이 튀어나올 듯이 도드라졌다. 마침내 기도를 마친 아르타반은 손을 펼쳐서 남자를 안아 들고 야자수 기슭의 작은 언덕에 눕혔다.

남자의 머리를 둘둘 감싸고 있던 터번을 풀어내고 몸을 꽉 조이던 옷을 벗겨 내니 앙상하게 마른 상체가 드러났다. 가슴이 오르락내리락하며 미약하게나마 숨을 쉬고 있었다. 아르타반은 샘물을 길어와 남자의 입술과 눈썹을 적시고 허리띠에서 꺼낸 치료제를 물과 혼합하여 남자의 입술 사이로 흘려보냈다. 긴 여정을 대비하여 챙겨 두었던 치료제였다. 조로아스터의 사제들은 점성술에도 박식했지만 의술에도 뛰어났다. 마치 숙련된 의사가 환자를 돌보듯이, 아르타반은 시간과 정성을 들여 남자를 돌보았다. 그 결과, 남자는 금세 혈색을 되찾고 몸을 일으켜 앉았다.

"당신은 누구시오!"

정신을 차린 남자는 사투리로 무례하게 쏘아붙였다.

back my life?"

"I am Artaban the Magian, of the city of Ecbatana, and I am going to Jerusalem in search of one who is to be born King of the Jews, a great Prince and Deliverer of all men. I dare not delay any longer upon my journey, for the caravan that has waited for me may depart without me. But see, here is all that I have left of bread and wine, and here is a potion of healing herbs. When thy strength is restored thou canst find the dwellings of the Hebrews among the houses of Babylon."

The Jew raised his trembling hand solemnly to heaven.

"Now may the God of Abraham and Isaac and Jacob bless and prosper the journey of the merciful, and bring him in peace to his desired haven. Stay! I have nothing to give thee in return--only this: that I can tell thee where the Messiah must be sought. For our prophets have said that he should be born not in Jerusalem, but in Bethlehem

"왜 나를 살린 거요!"

"제 이름은 아르타반입니다. 에크바타나 도시에서 조로아스터를 섬기고 있지요. 광휘로운 왕자로 이 땅에 오셔서 유대인의 왕이 되시며 만인의 구원자가 되실 분을 만나기 위해 예루살렘으로 향하고 있습니다. 형제들과 함께 순례의 길을 떠나려면 약속된 시간까지 서둘러야 합니다. 정신이 드신 것 같으니 포도주와 빵과 치료제를 옆에 두고 가겠습니다. 쉬시다가 기력이 돌아오면 마을에 남은 유대인을 찾아보십시오. 바빌론에는 아직도 은신하며 살아가는 이들이 꽤 있는 것으로 압니다."

아르타반이 말을 마치자 남자는 아직 기운이 없어 떨리는 두 팔을 하늘 높이 들고는 엄숙한 얼굴로 기도했다.

"아브라함과 이삭과 야곱의 하나님이시여. 자비로운 이 사람의 여정을 축복하시고 번영케 하셔서 그가 바라는 천국까지 안전하게 도달할 수 있도록 인도하소서. 이보시오! 내 뭐라도 보답을 해야겠소. 메시아가 어디에 계신지 내가 알고 있소. 예언에 따르면 메시아는 예루살렘이 아닌, 유다의 베들레헴에서 나실 것이오. 당신이 아픈 나를 긍휼히 여기어 돌보아 주었으니

of Judah. May the Lord bring thee in safety to that place, because thou hast had pity upon the sick."

It was already long past midnight. Artaban rode in haste, and Vasda, restored by the brief rest, ran eagerly through the silent plain and swam the channels of the river. She put forth the remnant of her strength, and fled over the ground like a gazelle.

But the first beam of the rising sun sent a long shadow before her as she entered upon the final stadium of the journey, and the eyes of Artaban, anxiously scanning the great mound of Nimrod and the Temple of the Seven Spheres, could discern no trace of his friends.

The many-coloured terraces of black and orange and red and yellow and green and blue and white, shattered by the convulsions of nature, and crumbling under the repeated blows of human violence, still glittered like a ruined rainbow in the morning light.

자비의 주님께서는 분명히 그 손을 들어 당신을 무사히 인도하실 것이오. 나는 그렇게 믿소."

아르타반이 남자를 보살피며 지체하는 사이 바스다는 충분히 휴식할 수 있었다. 자정이 훨씬 넘는 시간이 되었지만 체력을 회복한 바스다는 아르타반을 태우고 고요한 평야를 힘차게 달려나갔다. 평야를 달렸고 강물을 넘어 헤엄쳤다. 바스다는 마지막 힘까지 짜내어 노루처럼 빠르게 달렸다.

그러나 바스다가 목적지에 도착하기도 전에 해가 떠올랐다. 태양의 첫 번째 광선은 무자비하게 세상을 비추었고 둘의 그림자를 길게 늘어트렸다. 목적지에 도착한 아르타반은 무너진 사원 구석구석을 살펴보았지만, 함께 떠나기로 한 친우들은 어디에도 없었다.

검은빛, 주홍빛, 붉은빛, 노란빛, 푸른빛, 파란빛, 그리고 하얀 빛깔을 띤 대자연의 색채가 격렬하게 변화하며 인간의 폭력적인 대립으로 무너진 사원 위로 내려앉았다. 여전히 반짝반짝 빛나는 그 모습은 마치 바스러진 무지개와도 같았다.

아르타반은 언덕을 뛰어넘어 가장 높은 계단을 향해 달렸

Artaban rode swiftly around the hill. He dismounted and climbed to the highest terrace, looking out toward the west.

The huge desolation of the marshes stretched away to the horizon and the border of the desert. Bitterns stood by the stagnant pools and jackals skulked through the low bushes; but there was no sign of the caravan of the Wise Men, far or near.

At the edge of the terrace he saw a little cairn of broken bricks, and under them a piece of papyrus. He caught it up and read: "We have waited past the midnight, and can delay no longer. We go to find the King. Follow us across the desert."

Artaban sat down upon the ground and covered his head in despair.

"How can I cross the desert," said he, "with no food and with a spent horse? I must return to Babylon, sell my

고 서쪽을 내려다보았다.

사막의 경계선을 지나 지평선까지 이어진 황폐한 습지가 내려다보였다. 고요한 웅덩이를 지키는 알락해오라기 새가 보였고, 낮은 덤불 사이에 몸을 숨기고 무언가를 노려보며 때를 기다리는 자칼도 보였다. 그러나 세 명의 동방박사 일행은 그 어디에도 보이지 않았다.

그때, 계단의 가장 구석진 곳에 쌓여 있는 돌무덤이 보였다. 그 안에는 파피루스 한 장이 숨겨져 있었다. 아르타반은 파피루스를 집어 들고 소리 내 읽었다.

"자정이 지나도록 기다렸지만 더는 지체할 수 없어서 떠납니다. 왕께로 먼저 가겠으니 사막을 가로질러 만납시다."

아르타반은 머리를 감싸고 주저앉았다. 쏟아지는 절망감에 온몸이 축 늘어졌다.

"혼자서 사막을 건너오라니요. 이제는 먹을 것 하나 없고, 하나뿐인 말도 이미 지쳐 버렸는데."

그렇게 한참 동안 아르타반은 주저앉아 있었다. 그러나 이내 다시 일어나 소리쳤다.

sapphire, and buy a train of camels, and provision for the journey. I may never overtake my friends. Only God the merciful knows whether I shall not lose the sight of the King because I tarried to show mercy."

"바빌론에 가서 사파이어를 팔아야겠습니다! 낙타를 사고 여정을 준비해야겠어요. 먼저 떠난 친우들을 따라잡을 수 있을지는 모르겠지만, 자비를 베풀기 위해 잠시 멈춰 선 것뿐인데 왕께서 저를 버리실 리가 없지요."

제 3 장

루비

There was a silence in the Hall of Dreams, where I was listening to the story of the Other Wise Man. Through this silence I saw, but very dimly, his figure passing over the dreary undulations of the desert, high upon the back of his camel, rocking steadily onward like a ship over the waves.

The land of death spread its cruel net around him. The stony waste bore no fruit but briers and thorns. The dark ledges of rock thrust themselves above the surface here and there, like the bones of perished monsters. Arid and inhospitable mountain-ranges rose before him, furrowed with dry channels of ancient torrents, white

꿈의 전당에 어둠이 찾아들며 아르타반의 여정을 들려주던 목소리가 점점 잦아들었다. 그 고요한 적막 속에서 사막의 언덕을 터덜터덜 넘어가는 아르타반의 모습이 희미하게 그려지기 시작했다. 그는 마치 대양을 가로지르기 위해 바다 위에 둥실둥실 떠가는 한 척의 배처럼, 낙타를 타고 사막을 횡단하고 있었다.

황량한 죽음의 땅은 아르타반이 지나가는 곳마다 잔혹한 덫을 놓았다. 딱딱하게 메말라 아무런 열매도 맺을 수 없게 되어 버린 황무지에는 오랜 시간 방치되어 온 덤불과 가시가 무성했다. 깎아지는 암벽 이곳저곳에는 뾰족한 돌이 솟아 있어서 마치 괴물의 뼈가 위험천만하게 쌓여 있는 것처럼 보였다. 앞길에는 황량한 산맥이 솟아올랐고, 이제는 바짝 말라 버린 고대

and ghastly as scars on the face of nature. Shifting hills of treacherous sand were heaped like tombs along the horizon. By day, the fierce heat pressed its intolerable burden on the quivering air. No living creature moved on the dumb, swooning earth, but tiny jerboas scuttling through the parched bushes, or lizards vanishing in the clefts of the rock. By night the jackals prowled and barked in the distance, and the lion made the black ravines echo with his hollow roaring, while a bitter, blighting chill followed the fever of the day. Through heat and cold, the Magian moved steadily onward.

Then I saw the gardens and orchards of Damascus, watered by the streams of Abana and Pharpar, with their sloping swards inlaid with bloom, and their thickets of myrrh and roses. I saw the long, snowy ridge of Hermon, and the dark groves of cedars, and the valley of the Jordan, and the blue waters of the Lake of Galilee, and

의 수로가 자연의 얼굴에 난 흉측한 흉터처럼 땅을 갈라놓았다. 변덕스러운 모래 언덕은 마치 지평선을 따라 늘어선 무덤처럼 보였다. 낮에는 사나운 더위가 무겁게 짓누르며 공기를 잘게 흔들었다. 아무런 생명도 살아갈 수 없을 것 같은 더위였고, 유일하게 움직이는 것은 마른 덤불 사이를 기웃대는 날쥐와 바위틈으로 사라지는 도마뱀이 전부였다. 해 질 무렵에는 자칼이 서성이며 먹이를 찾아 헤매는 스산한 소리가 울려 퍼졌고, 사자의 공허한 포효가 검은 산골짜기에 메아리쳤다. 해가 완전히 넘어간 새카만 밤에는 벌겋게 달아올랐던 온몸에 오한이 까슬까슬 돋아날 정도로 냉랭한 공기가 내려앉았다. 반복되는 더위와 추위를 견디며 아르타반은 꾸준히 앞으로 나아갔다.

그렇게 사막을 지나 아르타반은 마침내 아바나와 바르발개울이 흐르는 다마스쿠스 과수 정원에 들어섰다. 시냇물이 빙글빙글 흐르는 비옥한 땅에는 미르나무와 장미나무의 꽃이 흐드러지게 피어 있었다. 아르타반은 나무 그늘을 따라 걸었다. 짙은 향나무 숲길을 따라 걷기도 했다. 뒤로는 헤르몬의 눈 덮인 산마루가 보였다. 아르타반은 요르단의 청량한 계곡과 갈

the fertile plain of Esdraelon, and the hills of Ephraim, and the highlands of Judah. Through all these I followed the figure of Artaban moving steadily onward, until he arrived at Bethlehem. And it was the third day after the three Wise Men had come to that place and had found Mary and Joseph, with the young child, Jesus, and had laid their gifts of gold and frankincense and myrrh at his feet.

Then the Other Wise Man drew near, weary, but full of hope, bearing his ruby and his pearl to offer to the King. "For now at last," he said, "I shall surely find him, though I be alone, and later than my brethren. This is the place of which the Hebrew exile told me that the prophets had spoken, and here I shall behold the rising of the great light. But I must inquire about the visit of my brethren, and to what house the star directed them, and to whom they presented their tribute."

릴리의 푸른 호수를 지나 에스드라엘론 평야의 기름진 들판을 걸었고, 에브라임 언덕과 유다의 고원을 지났다. 느리게 걷고 또 걸어서 베들레헴에 도착하기까지 아르타반이 지나치는 모든 풍경이 나타났다. 아르타반이 베들레헴에 도착한 것은 먼저 출발했던 세 명의 동방박사가 마리아와 요셉과 갓 태어난 아기의 집을 찾은 지 사흘째 되는 날이었다. 갓 태어난 아기 예수 앞에 그들이 준비한 황금과 유향과 몰약을 진상한 지 3일째가 되는 날이기도 했다.

아르타반은 몹시 지친 상태였다. 그러나 왕께 드릴 루비와 진주를 품고 앞으로 나아가는 발걸음은 가볍기만 했다. 희망에 부푼 눈빛으로 아르타반은 혼잣말을 했다.

"드디어 도착했습니다. 조금 늦었고 비록 혼자이긴 하지만 왕을 분명히 찾을 수 있을 것 같은 느낌이 듭니다. 유배당한 유대인이 말한 예언의 장소는 여기가 분명합니다. 드디어, 위대한 빛이 떠오르는 모습을 목격하게 될 것 같습니다. 별을 쫓아온 친우들이 들어간 집이 어디인지, 준비한 공물은 누구에게 진상하였는지, 이제부터 알아보아야겠습니다."

The streets of the village seemed to be deserted, and Artaban wondered whether the men had all gone up to the hill-pastures to bring down their sheep. From the open door of a cottage he heard the sound of a woman's voice singing softly. He entered and found a young mother hushing her baby to rest. She told him of the strangers from the far East who had appeared in the village three days ago, and how they said that a star had guided them to the place where Joseph of Nazareth was lodging with his wife and her new-born child, and how they had paid reverence to the child and given him many rich gifts.

"But the travellers disappeared again," she continued, "as suddenly as they had come. We were afraid at the strangeness of their visit. We could not understand it. The man of Nazareth took the child and his mother, and fled away that same night secretly, and it was whispered

그러나 베들레헴 마을의 거리는 그저 황량하기만 했다. 마을에는 남자들이 한 명도 보이지 않았다. 아르타반은 양 떼를 몰고 오기 위해서 다 함께 산에라도 간 것일까 생각했다. 부드러운 노랫소리가 들려 따라가 보니 현관문이 열린 초가집이 나타났고, 그 안에는 젊은 여인이 아기를 품에 안고 자장가를 부르고 있었다. 아르타반의 질문에 여인은 얼마 전 마을을 방문한 이방인 세 명의 이야기를 들려주었다. 동쪽에서 왔다는 그들은 나사렛 요셉과 마리아의 아기가 태어나던 사흘 전 마을에 나타났다고 했다. 별의 인도를 받아 왔다며 나사렛 요셉과 마리아의 집을 찾았고, 갓 태어난 아기 앞에 절을 하더니 여러 가지 귀한 선물을 주었다고 덧붙였다.

　　"그 집에서 함께 지내는가 싶더니 어느 날 보니 없었소. 등장만큼이나 갑작스럽게 사라졌다오. 사실 우리는 그들의 방문을 그리 달갑게 여기지 않고 있었소. 도무지 방문의 이유를 이해할 수 없어서 조금 무섭기도 했지. 그런데 그들이 떠난 뒤, 요셉도 가족들을 데리고 자취를 감추었소. 사람들은 그들이 분명 이집트로 갔을 거라 이야기하고 있소만. 그들이 사라진 후로

that they were going to Egypt. Ever since, there has been a spell upon the village; something evil hangs over it. They say that the Roman soldiers are coming from Jerusalem to force a new tax from us, and the men have driven the flocks and herds far back among the hills, and hidden themselves to escape it."

Artaban listened to her gentle, timid speech, and the child in her arms looked up in his face and smiled, stretching out its rosy hands to grasp at the winged circle of gold on his breast. His heart warmed to the touch. It seemed like a greeting of love and trust to one who had journeyed long in loneliness and perplexity, fighting with his own doubts and fears, and following a light that was veiled in clouds.

"Why might not this child have been the promised Prince?" he asked within himself, as he touched its soft cheek. "Kings have been born ere now in lowlier houses

는 마을에 불길한 소문이 돌고 있다오. 악한 기운이 마을에 스며들었다고 하던가. 사람들은 예루살렘에 주둔한 로마군이 쳐들어와 세금을 더 내놓으라고 행패를 부리려는 것은 아닌지 두려워하고 있소. 그래서 마을에 남자들이 하나도 없는 거라오. 혹시 그런 일이 일어난다면 양이라도 지켜야 하니, 양 떼를 몰고 언덕 아래에 숨어 있다오.”

여인은 비밀스러운 목소리로 조곤조곤 이야기했다. 그동안 여인의 품에 안긴 아기는 아르타반을 바라보며 방긋방긋 웃다가, 그의 가슴에 황금으로 수놓아진 원형 날개 문양을 작은 장밋빛 손으로 어루만졌다. 그 작은 손짓에 아르타반은 마음이 따듯하게 녹아내리는 것만 같았다. 사막을 건너는 동안 솟구치는 두려움과 불신을 억누르며 구름에 가려진 빛을 따라 걸어왔다. 작은 아기의 온기는 그 시간이 결코 헛되지 않았다는 확신을 주는 애정 어린 손길처럼 느껴졌던 것이다.

‘이 아기가 예언이 약속한 그 왕자라면 얼마나 좋았을까요.’

아르타반은 아이의 뺨을 부드럽게 쓸어내렸다.

‘왕은 이보다 더 누추한 집에서도 태어난 적이 있지 않습니

than this, and the favourite of the stars may rise even from a cottage. But it has not seemed good to the God of wisdom to reward my search so soon and so easily. The one whom I seek has gone before me; and now I must follow the King to Egypt."

The young mother laid the baby in its cradle, and rose to minister to the wants of the strange guest that fate had brought into her house. She set food before him, the plain fare of peasants, but willingly offered, and therefore full of refreshment for the soul as well as for the body. Artaban accepted it gratefully; and, as he ate, the child fell into a happy slumber, and murmured sweetly in its dreams, and a great peace filled the room.

But suddenly there came the noise of a wild confusion in the streets of the village, a shrieking and wailing of women's voices, a clangour of brazen trumpets and a clashing of swords, and a desperate cry: "The soldiers!

까? 초가지붕 위로 떠오른 별이 높은 하늘로 올라 가장 밝은 빛을 내기도 하지요. 그렇지만 지혜의 신께서는 이토록 쉽게 보상을 내리시는 분이 아니라는 걸 알고 있습니다. 순례의 여정이 이리도 쉽게 끝날 리가 없지요. 그분께서는 이곳을 떠나신 게 분명해 보입니다. 이제 저는 이집트로 가 봐야 하겠습니다.'

운명에 이끌려 온 아르타반을 환대하기 위해 여인은 아기를 요람에 눕히고 자리에서 일어났다. 내어 줄 수 있는 것은 아주 소박한 음식뿐이었다. 그러나 따뜻한 한 끼를 대접하려 애쓴 그 마음이 가득 전해졌기에, 아르타반은 그가 차려 준 식사로 지친 몸과 영혼이 모두 회복되는 것 같은 기분이 들었다. 아르타반은 감사한 마음으로 음식을 먹었고, 그동안 아기는 행복한 꿈이라도 꾸는 것처럼 달콤한 소리로 옹알거렸다. 온 방에 평화가 가득했다.

그러나 그 평화는 길게 이어지지 못했다. 찢어지는 나팔 소리가 거리에 울려 퍼지더니 칼날이 부딪치는 소리와 함께 여자들의 절망적인 비명이 들려왔다.

"군인이다! 군인들이 나타났다! 헤롯 대왕의 군인들이 아이

the soldiers of Herod! They are killing our children."

The young mother's face grew white with terror. She clasped her child to her bosom, and crouched motionless in the darkest corner of the room, covering him with the folds of her robe, lest he should wake and cry.

But Artaban went quickly and stood in the doorway of the house. His broad shoulders filled the portal from side to side, and the peak of his white cap all but touched the lintel.

The soldiers came hurrying down the street with bloody hands and dripping swords. At the sight of the stranger in his imposing dress they hesitated with surprise. The captain of the band approached the threshold to thrust him aside. But Artaban did not stir. His face was as calm as though he were watching the stars, and in his eyes there burned that steady radiance before which even the half-tamed hunting leopard

들을 죽이러 왔다!"

공포로 하얗게 질린 얼굴로 여인은 잠든 아이를 소중히 품에 안고 외투로 칭칭 감쌌다. 방 안의 가장 어두운 그림자 밑에 숨어들었고, 잠에서 깬 아이가 소리 내 울지 않게 해 달라고 기도하고 또 기도했다.

아르타반은 재빨리 자리에서 일어나 출입구 앞을 지켰다. 그의 건장한 체격은 작은 문을 막아서기에 충분했다. 딱 벌어진 어깨는 문의 양쪽 끝에 닿았고, 하얀 모자는 천장까지 솟아 있었다.

군인들이 거리를 휩쓸었다. 손과 무기는 모두 피로 칠갑이 된 상태였고, 아직 채 굳지 않은 피가 사방팔방으로 흩뿌려지고 있었다. 아르타반의 옷은 멀리서도 한눈에 이방인으로 보였기에 군인들은 머뭇거리며 그가 막아선 집 앞에 섰다. 군대장이 밀치고 나와 집 안으로 들어가려 했지만, 아르타반은 꼼작도 하지 않은 채로 고요하게 서 있었다. 군인을 마주하는 아르타반의 눈동자는 마치 별을 관찰하던 때처럼 차분히 가라앉아 있었다. 하지만 동시에 형형한 빛을 내고 있었기에, 군사 훈련

shrinks, and the bloodhound pauses in his leap. He held the soldier silently for an instant, and then said in a low voice:

"I am all alone in this place, and I am waiting to give this jewel to the prudent captain who will leave me in peace."

He showed the ruby, glistening in the hollow of his hand like a great drop of blood.

The captain was amazed at the splendour of the gem. The pupils of his eyes expanded with desire, and the hard lines of greed wrinkled around his lips. He stretched out his hand and took the ruby.

"March on!" he cried to his men, "there is no child here. The house is empty."

The clamor and the clang of arms passed down the street as the headlong fury of the chase sweeps by the secret covert where the trembling deer is hidden.

으로 길들인 표범과 블러드하운드도 쉽게 뛰어들지 못하고 몸을 웅크린 채 지시를 기다릴 뿐이었다. 아르타반은 군대장을 향해 입을 열었다.

"이 집은 저 혼자 지내는 곳입니다. 대화가 통하는 분이 여기에 계시다면, 홀로 누리는 평화를 지키기 위해 이 보석을 기꺼이 내어드릴 의향이 있습니다."

아르타반이 핏방울처럼 붉게 반짝이는 커다란 루비를 품에서 꺼내 들었다.

잠시 동안, 군대장은 보석의 웅장함에 넋을 잃었다. 곧이어 욕망으로 물든 눈동자가 팽창하며 입가에는 탐욕스러운 주름이 잡혔다. 그는 아르타반의 손에서 루비를 낚아채고는 크게 외치며 뒤돌았다.

"아이 없는 빈집이다! 이어서- 행진!"

부딪치는 무기 소리와 비명이 얽힌 행렬이 다시 움직이기 시작했다. 사슴이 숨은 집을 뒤로하고 사냥꾼들은 점점 더 멀리 나아갔다. 그들이 까마득히 멀어진 뒤에야 아르타반은 집으로 돌아와 동쪽을 향해 기도했다.

Artaban re-entered the cottage. He turned his face to the east and prayed:

"God of truth, forgive my sin! I have said the thing that is not, to save the life of a child. And two of my gifts are gone. I have spent for man that which was meant for God. Shall I ever be worthy to see the face of the King?"

But the voice of the woman, weeping for joy in the shadow behind him, said very gently:

"Because thou hast saved the life of my little one, may the Lord bless thee and keep thee; the Lord make His face to shine upon thee and be gracious unto thee; the Lord lift up His countenance upon thee and give thee peace."

"진리의 신이시여, 나를 용서하여 주십시오. 거짓을 진실로 둔갑시켰습니다. 그러나 아이의 목숨을 살리기 위해서 어쩔 수 없는 선택이었습니다. 준비한 보물 세 개 중 두 개를 이미 사람을 위해 사용해 버렸습니다. 아직도 제게 왕을 만날 자격이 있을까요?"

그러나 곧이어 그림자 속에 숨어 있던 여인이 나왔고, 눈물로 온통 엉망이 된 얼굴에는 기쁜 미소가 걸려 있었다.

"당신이 내 아이의 생명을 구하였소."

여인은 희미한 목소리로 아르타반을 위해 기도했다.

"주님! 이 사람에게 복을 내려 주사 언제까지나 지켜 주시옵소서! 그 광휘로운 얼굴을 보이사 은혜를 베풀어 주시며 이 사람을 평안 가운데로 인도하여 주시옵소서!"

제 4 장
본질

Again there was a silence in the Hall of Dreams, deeper and more mysterious than the first interval, and I understood that the years of Artaban were flowing very swiftly under the stillness, and I caught only a glimpse, here and there, of the river of his life shining through the mist that concealed its course.

I saw him moving among the throngs of men in populous Egypt, seeking everywhere for traces of the household that had come down from Bethlehem, and finding them under the spreading sycamore-trees of Heliopolis, and beneath the walls of the Roman fortress of New Babylon beside the Nile--traces so faint and dim

꿈의 전당에 다시 한 번 적막한 어둠이 찾아들었다. 뿌연 연기가 자욱하게 퍼져 나갔고, 이전보다 훨씬 더 신비로운 분위기 속에서 아르타반의 여정이 비춰졌다. 그의 삶은 아주 빠른 속도로 진행되고 있었기에 매 순간 무슨 일이 일어나고 있는지 확실히 알 수는 없었다. 그러나 순간순간 그의 삶이 보석처럼 반짝반짝 빛나고 있는 것이 보였다.

베들레헴에서 간발의 차로 놓친 나사렛 가족의 흔적을 찾기 위해 아르타반은 한참을 방황했다. 이집트의 수많은 인파를 헤치며 걸었고, 헬리오폴리스 전역에 심어진 플라타너스나무 아래를 헤매다가 그들의 흔적을 발견했다. 바빌로니아 나일강변을 따라 늘어선 로마의 요새 아래에서도 그들의 흔적을 발견했다. 그러나 그 발자취는 너무도 희미하고 미약하여 아르타반

that they vanished before him continually, as footprints on the wet river-sand glisten for a moment with moisture and then disappear.

I saw him again at the foot of the pyramids, which lifted their sharp points into the intense saffron glow of the sunset sky, changeless monuments of the perishable glory and the imperishable hope of man. He looked up into the face of the crouching Sphinx and vainly tried to read the meaning of the calm eyes and smiling mouth. Was it, indeed, the mockery of all effort and all aspiration, as Tigranes had said--the cruel jest of a riddle that has no answer, a search that never can succeed? Or was there a touch of pity and encouragement in that inscrutable smile--a promise that even the defeated should attain a victory, and the disappointed should discover a prize, and the ignorant should be made wise, and the blind should see, and the wandering should come

의 시선이 닿자마자 사라지고 말았다. 마치 강바닥에 찍힌 발자국이 아주 잠시머무르다가 물살에 쓸려 내려가는 것처럼, 그렇게 사라졌다.

　아르타반은 거대한 피라미드 앞을 지나기도 했다. 진홍빛으로 물들어 가는 해질녘 하늘을 향해 뾰족하게 날을 세우고 있는 피라미드는 변치 않는 일종의 기념비였다. 아무리 찬란하여도 언젠간 스러지고 말 인간의 영광과, 그럼에도 불구하고 영원토록 이어질 희망을 기리고 있었다. 아르타반은 웅크린 채로 피라미드 앞을 지키고 있는 스핑크스의 얼굴을 올려다보며 그 고요한 눈빛과 은은한 미소에 담긴 속뜻을 읽어 내려고 애썼다. 고향에서 티그라네스가 그랬던 것처럼, 잔혹한 수수께끼에 휘말려 모든 것을 놓아 버린 채로 잡을 수 없는 목표를 향해 달려가는 사람을 조롱하고 있는 걸까? 뜻을 알 수 없는 그 미소에 연민과 응원의 마음이 담겨 있지는 않을까? 패배해도 결국은 승리할 것이고, 실망해도 받게 될 것이며 무지한 자라도 지혜를 얻을 것이고, 시력을 잃은 자라도 보게 될 것이며 방황하는 자들도 언젠가는 천국에 도달하게 될 것이라는, 그 언약을 믿

into the haven at last?

I saw him again in an obscure house of Alexandria, taking counsel with a Hebrew rabbi. The venerable man, bending over the rolls of parchment on which the prophecies of Israel were written, read aloud the pathetic words which foretold the sufferings of the promised Messiah--the despised and rejected of men, the man of sorrows and acquainted with grief.

"And remember, my son," said he, fixing his eyes upon the face of Artaban, "the King whom thou seekest is not to be found in a palace, nor among the rich and powerful. If the light of the world and the glory of Israel had been appointed to come with the greatness of earthly splendour, it must have appeared long ago. For no son of Abraham will ever again rival the power which Joseph had in the palaces of Egypt, or the magnificence of Solomon throned between the lions in Jerusalem. But

는 자를 향한 미소는 아닐까?

아르타반이 알렉산드리아의 집에서 유대교 율법학자 랍비와 이야기를 나누는 모습도 보였다. 덕망 있는 랍비는 구부정한 자세로 앉아 양피지를 펼쳤다. 인류를 구원할 메시아는 곧 세상에 모습을 드러낼 것이지만 사람들의 멸시와 외면으로 인하여 슬픔과 괴로움을 알게 될 것이라는, 그 애처로운 예언을 아르타반에게 읽어주었다.

"기억하거라. 나의 아들아."

굳게 확신하는 표정으로 랍비는 아르타반의 얼굴에 시선을 고정하며 또렷하게 말했다.

"네가 찾는 왕은 성에 살지 않거니와 부자와 권력자들 사이에 있지도 않을 것이니라. 어떠한 빛이 세상을 구원할 수 있겠느냐. 이스라엘을 빛나게 할 참된 영광이 무엇이겠느냐. 그 영광이 사람들이 쉬이 바라는 위대한 세상적 업적과 동일했다면 이미 오래전 세상에 왔을 것이니라. 실제로 요셉은 아브라함의 어떤 아들도 다시는 뛰어넘지 못할 권세를 이집트의 성에서 누렸음이오, 솔로몬은 역사에 다시 나오지 못할 장엄한 업적을

the light for which the world is waiting is a new light, the glory that shall rise out of patient and triumphant suffering. And the kingdom which is to be established forever is a new kingdom, the royalty of unconquerable love.

"I do not know how this shall come to pass, nor how the turbulent kings and peoples of earth shall be brought to acknowledge the Messiah and pay homage to him. But this I know. Those who seek him will do well to look among the poor and the lowly, the sorrowful and the oppressed."

So I saw the Other Wise Man again and again, travelling from place to place, and searching among the people of the dispersion, with whom the little family from Bethlehem might, perhaps, have found a refuge. He passed through countries where famine lay heavy upon the land, and the poor were crying for bread. He made

예루살렘의 사자들 사이에서 왕권을 다지며 세웠음이니라. 지금 우리가 기다리고 있는 것은 완전히 새로운 빛이니라. 그 영광스러운 승리는 인내와 고통 속에서만 돋아날 것이요, 그가 새로 세울 나라는 결코 스러지지 않을 사랑으로 세워질 영원의 나라이니라.

이 예언이 어떻게 이루어질지 나는 알지 못하니라. 사납게 날뛰는 세상의 왕들과 백성들이 어떻게 메시아를 영접하고 경의를 표할지, 그 역시도 나는 알 수 없느니라. 그러나 내가 아는 것이 하나 있으니, 언약의 메시아는 그를 애타게 부르짖는 가난한 자들과 비천한 자들과 근심하는 자들과 억압된 자들 가운데 계실지니라."

안갯속에서 아르타반의 모습이 나타났다가 흐려지기를 반복했다. 어느 순간 그는 뿔뿔이 흩어진 유대인들을 찾아 온 세상을 떠돌아다니고 있었다. 베들레헴에서 간발의 차로 놓친 요셉의 가족이 다른 유대인 가족에 몸을 의탁했을지도 모르기 때문이었다. 다른 순간 그는 극심한 기근으로 온 땅이 메마른 마을에 있었다. 가난한 자들이 굶주림에 울부짖는 마을이었다.

his dwelling in plague-stricken cities where the sick were languishing in the bitter companionship of helpless misery. He visited the oppressed and the afflicted in the gloom of subterranean prisons, and the crowded wretchedness of slave-markets, and the weary toil of galley-ships. In all this populous and intricate world of anguish, though he found none to worship, he found many to help. He fed the hungry, and clothed the naked, and healed the sick, and comforted the captive; and his years passed more swiftly than the weaver's shuttle that flashes back and forth through the loom while the web grows and the pattern is completed.

It seemed almost as if he had forgotten his quest. But once I saw him for a moment as he stood alone at sunrise, waiting at the gate of a Roman prison. He had taken from a secret resting-place in his bosom the pearl, the last of his jewels. As he looked at it, a mellower lustre, a

다른 순간 그는 역병이 창궐한 도시에서 지내고 있었다. 오래도록 이어지는 병환에 비참한 무력감을 벗 삼아 살아가는 병자들이 있는 곳이었다. 비치는 순간마다 그는 누군가와 만나고 있었다. 억압된 사람들, 지하 감옥의 새카만 어둠에 고통받는 사람들, 혼잡한 노예 시장에 비참하게 남겨진 사람들, 그리고 갤리선의 노역에 지쳐 쓰러진 사람들이었다. 고통받는 사람들로 가득찬 복잡한 세상을 떠돌며 그가 애타게 찾는 경배의 대상을 찾을 수는 없었다. 하지만 그를 필요로 하는 사람들은 곳곳에 만연했다. 굶주린 사람에게는 음식을 주었고, 헐벗은 이들에게는 옷을 입혀 주었으며, 병자들을 돌보았고, 포로들을 위로했다. 베틀이 앞뒤로 움직이며 천을 직조하는 것처럼, 그의 삶이 차곡차곡 아주 빠르게 쌓여 갔다.

삶이 빠르게 흘러가는 동안 아르타반은 오래전 순례의 길에 오르며 품었던 갈망을 새카맣게 잊어버린 것같이 보였다. 그러나 로마의 감옥 앞에 서서 저물어 가는 태양을 홀로 마주한 순간, 아르타반은 주머니 가장 깊은 곳에 언제나 간직하고 있던 진주를 꺼내 들었다. 왕을 위해 준비한 마지막 보석은 햇살을

soft and iridescent light, full of shifting gleams of azure and rose, trembled upon its surface. It seemed to have absorbed some reflection of the lost sapphire and ruby. So the secret purpose of a noble life draws into itself the memories of past joy and past sorrow. All that has helped it, all that has hindered it, is transfused by a subtle magic into its very essence. It becomes more luminous and precious the longer it is carried close to the warmth of the beating heart.

Then, at last, while I was thinking of this pearl, and of its meaning, I heard the end of the story of the Other Wise Man.

받아 영롱하게 빛나고 있었다. 하늘의 푸른빛과 석양의 장밋빛을 머금고, 하얀 진주는 마치 오래전에 사용해 버린 사파이어와 루비를 흡수한 것 같은 색을 띠고 있었다. 아르타반은 지난날을 돌이켜보았다. 즐거웠던 기억과 슬픈 기억들 사이에서, 선한 삶에 숨겨진 어떤 비밀스러운 목적이 어렴풋이 느껴졌다. 걸림돌이라고만 생각했던 순간까지도 목적의 본질에 다가서기 위해 꼭 필요한 순간이었던 것을 어렴풋 깨닫게 된 것이다. 손에 쥔 보석이 새삼 그 순수한 본질에 대한 상징처럼 느껴졌다. 아르타반은 보석을 가슴 가까이에 가져왔다. 그럴수록 보석은 더욱더 뜨거운 열을 발하며 그를 위로하려는 것 같았다.

아르타반이 진주를 바라보며 생각하는 동안, 그의 이야기는 마지막에 접어든다.

제 5 장

진주

Three-and-thirty years of the life of Artaban had passed away, and he was still a pilgrim and a seeker after light. His hair, once darker than the cliffs of Zagros, was now white as the wintry snow that covered them. His eyes, that once flashed like flames of fire, were dull as embers smouldering among the ashes.

Worn and weary and ready to die, but still looking for the King, he had come for the last time to Jerusalem. He had often visited the holy city before, and had searched all its lanes and crowded bevels and black prisons without finding any trace of the family of Nazarenes who had fled from Bethlehem long ago. But now it seemed as if he

33년이라는 세월이 흘러갔다. 아르타반은 여전히 순례자였고, 여전히 빛을 쫓고 있었다. 한때 자그로스 절벽보다 새카맣게 빛나던 머리카락은 이제 눈 덮인 겨울 산처럼 희게 변했고, 한때 불꽃같이 반짝이던 눈빛도 이제는 모두 다 타 버린 재처럼 흐려져 있었다.

　　지치고 닳은 상태로 죽음만 기다리고 있었다. 그러나 그의 영혼이 여전히 왕을 갈망하고 있었기에 아르타반은 마지막 희망을 걸고 예루살렘에 가 보기로 했다. 이미 여러 차례 그 거룩한 도시를 방문했었다. 모든 거리와 인파 가득한 언덕과 새카만 감옥을 속속들이 다녔지만, 오래전 베들레헴에서 놓친 나사렛 가족의 흔적은 찾지 못했다. 그러나 마지막으로 기대를 걸어 보라는 속삭임이 마음 깊은 곳에서부터 솟아났기에, 이번에는

must make one more effort, and something whispered in his heart that, at last, he might succeed.

It was the season of the Passover. The city was thronged with strangers. The children of Israel, scattered in far lands, had returned to the Temple for the great feast, and there had been a confusion of tongues in the narrow streets for many days.

But on this day a singular agitation was visible in the multitude. The sky was veiled with a portentous gloom. Currents of excitement seemed to flash through the crowd. A secret tide was sweeping them all one way. The clatter of sandals and the soft, thick sound of thousands of bare feet shuffling over the stones, flowed unceasingly along the street that leads to the Damascus gate.

Artaban joined a group of people from his own country, Parthian Jews who had come up to keep the Passover, and inquired of them the cause of the tumult,

정말로 무언가를 찾게 될지도 모른다는 희망을 다시 한 번 걸어 보게 되었다.

때는 유월절로, 이집트의 탈출을 기념하는 유대인들의 축제가 열리고 있었다. 이스라엘은 이방인들로 붐볐고 온 세상으로 흩어진 이스라엘의 자손들은 큰 잔치를 위해 사원으로 몰려들었다. 거리마다 수십 가지 언어가 뒤섞인 떠들썩한 소음이 울려 퍼졌다.

그러나 제각기 떠들썩한 분위기 속에서, 거대한 무리의 인파가 일제히 어디론가 향하는 모습이 보였다. 하늘에는 우중충한 어둠이 드리우며 어떤 비극이 다가왔음을 암시했다. 저릿한 흥분감이 군중들 사이에 흘렀고, 보이지 않는 거대한 물결이 그들을 한 방향으로 휩쓰는 것 같았다. 다마스쿠스 문으로 이어지는 거리를 따라 수천 개의 샌들과 벌거벗은 발바닥이 돌길에 부딪치며 천둥소리를 냈다.

아르타반은 고향 사람들 무리에 자연스럽게 섞여들었다. 유월절을 기리기 위해서 방문한 페르시아의 유대인들이었다. 그는 이 요란한 소동의 원인이 무엇인지, 모두 어디로 향하고 있

and where they were going.

"We are going," they answered, "to the place called Golgotha, outside the city walls, where there is to be an execution. Have you not heard what has happened? Two famous robbers are to be crucified, and with them another, called Jesus of Nazareth, a man who has done many wonderful works among the people, so that they love him greatly. But the priests and elders have said that he must die, because he gave himself out to be the Son of God. And Pilate has sent him to the cross because he said that he was the `King of the Jews.'

How strangely these familiar words fell upon the tired heart of Artaban! They had led him for a lifetime over land and sea. And now they came to him mysteriously, like a message of despair.

The King had arisen, but he had been denied and cast out. He was about to perish. Perhaps he was already

는 것인지 물었다.

"어디로 가는 중이냐고? 당연히 성벽 바깥쪽 골고타라는 곳으로 향하고 있는 게 아니겠소? 처형이 있을 테니까 말이오! 아니, 무슨 일이 있었는지 아무것도 듣지 못한 거요? 유명한 강도 두 명이 십자가에 못 박히는 날이 아니오! 그리고 한 명 더 있지. 그 나사렛의 예수라고 불리는 사람 말이오. 그 사람은 참, 좋은 일도 많이 하고 따르는 사람도 많았는데. 자신이 '하나님의 아들'이라고 주장하니 제사장과 장로들은 그를 죽일 수밖에 없다고 하잖소. 그리고 자신을 '유대인의 왕'이라고 지칭하고 있으니 빌라도는 그를 십자가에 못 박아야 한다고 판정했단 말이오."

너무나 익숙한 단어들이 들려왔지만 이미 지쳐 버린 마음 때문인지 낯설게만 느껴졌다. 아르타반은 그 단어들을 쫓아 일생을 들여 육지로 바다로 떠돌았다. 그런데 지금, 마치 절망의 끝자락에서만 볼 수 있는 어떤 암호처럼, 그 단어들이 아르타반을 직접 찾아온 것이었다.

왕이 스스로 모습을 드러냈다. 그러나 사람들은 외면하고

dying. Could it be the same who had been born in Bethlehem thirty-three years ago, at whose birth the star had appeared in heaven, and of whose coming the prophets had spoken?

Artaban's heart beat unsteadily with that troubled, doubtful apprehension which is the excitement of old age. But he said within himself: "The ways of God are stranger than the thoughts of men, and it may be that I shall find the King, at last, in the hands of his enemies, and shall come in time to offer my pearl for his ransom before he dies."

So the old man followed the multitude with slow and painful steps toward the Damascus gate of the city. Just beyond the entrance of the guardhouse a troop of Macedonian soldiers came down the street, dragging a young girl with torn dress and dishevelled hair. As the Magian paused to look at her with compassion, she

배척하여 왕을 죽이려 한다. 아니, 어쩌면 이미 죽어 가고 있는지도 모른다. 33년 전 베들레헴에서 태어난 이가 바로 그 사람일까? 예언자들이 이야기했던 새로운 별과 함께 태어난 이가 맞을까?

아르타반의 노쇠한 마음이 요동치며 불안과 의심이 가득 피어나기 시작했다. 그러나 지나온 세월을 통해 아르타반은 이 감정이 기분 좋은 설렘이라는 것을 알았다. 그렇기에 혼자서 생각했다.

'신께서는 인간의 생각을 뛰어넘는 일을 하시지요. 어쩌면 제 품에 하나 남은 이 진주로 원수의 손에 넘어간 왕을 구하게 될 수도 있을까요?'

느린 걸음으로 아르타반은 군중을 따라 걸었다. 다마스쿠스 문으로 향하는 발걸음은 고통스럽기까지 했다. 경비 초소가 있는 입구 너머에는 마케도니아의 군대가 군중을 향해 걸어오고 있었는데, 그중에는 어린 여자아이의 머리채를 휘어잡고 무자비하게 휘두르며 걸어오는 남자도 있었다. 아이의 머리는 이미 엉망이었고 옷은 모두 찢겨 있었다. 아르타반은 그 모습에

broke suddenly from the hands of her tormentors, and threw herself at his feet, clasping him around the knees. She had seen his white cap and the winged circle on his breast.

"Have pity on me," she cried, "and save me, for the sake of the God of Purity! I also am a daughter of the true religion which is taught by the Magi. My father was a merchant of Parthia, but he is dead, and I am seized for his debts to be sold as a slave. Save me from worse than death!"

Artaban trembled.

It was the old conflict in his soul, which had come to him in the palm-grove of Babylon and in the cottage at Bethlehem--the conflict between the expectation of faith and the impulse of love. Twice the gift which he had consecrated to the worship of religion had been drawn to the service of humanity. This was the third trial, the

눈살을 찌푸리며 잠시 멈추었다. 그 순간, 아이는 온 힘을 다해 군인의 손을 뿌리친 뒤 아르타반에게 달려들어 다리를 붙들고 쓰러졌다. 아이는 아르타반의 하얀 모자와 가슴에 수놓인 황금 원형 날개 문양을 바라보며 다급히 외쳤다.

"순백의 신을 따르는 사제님이시여! 저를 불쌍히 여겨 주세요! 부디 저를 거두어 주세요! 저 역시 순백의 신을 따르는 가정에서 자랐습니다! 아버지는 페르시아의 상인이셨습니다. 한순간의 사고로 부모님을 여의고 저는 노예로 팔려 왔습니다. 이렇게 끌려간다면 죽음보다 못한 삶을 살 것이 분명해요! 저를 구원하여 주세요! 제발요!"

온몸이 떨렸다.

오래전부터 발목을 잡아 온 영혼의 갈등을 다시 느꼈기 때문이다. 바빌론의 종려나무 숲에서도, 베들레헴의 초가집에서도, 아르타반의 영혼은 신앙적 기대와 실천적 사랑의 충동 사이에서 갈등했었다. 무려 두 번이나, 신을 위해 준비한 보물을 사람을 위해 사용하고 말았다. 만일 이것이 아르타반의 선택을 지켜보기 위한 일종의 시험이라면, 이번이 마지막 기회일 것이

ultimate probation, the final and irrevocable choice.

Was it his great opportunity, or his last temptation? He could not tell. One thing only was clear in the darkness of his mind--it was inevitable. And does not the inevitable come from God?

One thing only was sure to his divided heart--to rescue this helpless girl would be a true deed of love. And is not love the light of the soul?

He took the pearl from his bosom. Never had it seemed so luminous, so radiant, so full of tender, living lustre. He laid it in the hand of the slave.

"This is thy ransom, daughter! It is the last of my treasures which I kept for the King."

While he spoke, the darkness of the sky deepened, and shuddering tremors ran through the earth heaving convulsively like the breast of one who struggles with mighty grief.

분명했다. 이 선택을 끝으로 다시는 돌이킬 수 없을 것이다.

엄청난 기회인지 마지막 시험인지, 아르타반은 자신으로서는 알 수 없겠다고 결론지었다. 애초에 선택할 수 있는 문제가 아니었다고, 그런 불가피한 선택이야말로 신이 주신 운명이라 말할 수 있지 않겠냐고, 아르타반은 생각했다.

그러자 갈등하던 마음에 한 가지 확신이 차올랐다. 도움이 필요한 아이를 구하는 것이야말로 진정한 사랑의 실천이라는 확신이었다. 사랑이야말로 영혼이 낼 수 있는 유일한 빛이 아니겠는가.

아르타반은 품에서 진주를 꺼내 들었다. 진주는 마치 살아 있는 것처럼 여느 때보다도 아름답고 찬란하게 빛났다. 아르타반은 아이의 손에 보석을 내려놓으며 말했다.

"딸아. 이걸로 너 자신을 자유롭게 하거라. 왕께 드리기 위해 소중히 간직해 온 나의 마지막 보물이란다."

말이 끝나기도 전에 하늘의 어둠이 더욱더 짙어지며, 마치 감당할 수 없는 커다란 슬픔을 느낀 사람의 마음처럼, 온몸을 떨리게 만드는 무시무시한 진동이 온 땅을 뒤흔들었다.

The walls of the houses rocked to and fro. Stones were loosened and crashed into the street. Dust clouds filled the air. The soldiers fled in terror, reeling like drunken men. But Artaban and the girl whom he had ransomed crouched helpless beneath the wall of the Praetorium.

What had he to fear? What had he to hope? He had given away the last remnant of his tribute for the King. He had parted with the last hope of finding him. The quest was over, and it had failed. But, even in that thought, accepted and embraced, there was peace. It was not resignation. It was not submission. It was something more profound and searching. He knew that all was well, because he had done the best that he could from day to day. He had been true to the light that had been given to him. He had looked for more. And if he had not found it, if a failure was all that came out of his life,

134

모든 집의 모든 벽이 앞으로 뒤로 흔들렸다. 세상이 흔들리며 켜켜이 쌓여 있던 벽돌이 헐거워져 거리로 무너져내렸다. 먼지구름이 공기를 가득 메웠다. 공포에 질린 군인들은 마치 술에 취한 사람처럼 비틀비틀 도망쳤다. 그러나 아르타반과 몸값을 받은 아이는 로마 총독의 궁전인 프라에토리움 벽 아래에서 무력하게 웅크리고 있었다.

　　무엇이 두렵겠는가. 무엇을 더 희망하겠는가. 왕을 위해 준비한 보석은 모두 아르타반의 손을 떠났고, 이제는 아무것도 남아 있지 않았으니 말이다. 왕을 만날 수 있을 거라는 마지막 희망까지도 준비한 보석과 함께 모두 떠나가 버렸다고 그는 생각했다. 여정은 마침내 끝이 났고, 결국 실패하고 말았다고 아르타반은 결론 내렸다. 그런데 이상하게도 그 사실이 모두 받아들여졌다. 마음이 그저 평온했다. 체념이나 굴복 같은 감정이 아니라, 훨씬 더 심오하고 면밀한 감정이었다. 매일을 충실하게 최선을 다하며 살았기에 아르타반은 그 모든 것이 충분히 괜찮다고 느끼고 있었다. 빛을 보았고 그 발자취를 쫓았으며 더 먼 곳으로 나아가기 위해 있는 온 힘을 다했다. 그리하여 얻은 것

doubtless that was the best that was possible. He had not seen the revelation of "life everlasting, incorruptible and immortal." But he knew that even if he could live his earthly life over again, it could not be otherwise than it had been.

One more lingering pulsation of the earthquake quivered through the ground.

A heavy tile, shaken from the roof, fell and struck the old man on the temple. He lay breathless and pale, with his gray head resting on the young girl's shoulder, and the blood trickling from the wound. As she bent over him, fearing that he was dead, there came a voice through the twilight, very small and still, like music sounding from a distance, in which the notes are clear but the words are lost. The girl turned to see if some one had spoken from the window above them, but she saw no one.

Then the old man's lips began to move, as if in

이 실패뿐이라면, 실패야말로 자신이 얻을 수 있는 최선이 분명하리라고 그는 확신했다. 예언에 적힌 영원불멸하고 불패 불가한 왕을 목격하지는 못했지만, 최선을 다했다는 만족감을 얻을 수 있었다. 만일 시간을 돌려 인생을 처음부터 다시 살게 된다고 하더라도 아르타반은 이번 생에서 내린 선택들을 똑같이 반복할 것이었다.

잔여 지진에 땅이 다시 흔들렸다. 묵직한 기와 하나가 떨어지며 사원에 기대앉아 있던 아르타반의 머리를 강타했다.

노쇠한 그는 창백하게 질린 얼굴로 가쁜 숨을 몰아쉬었다. 상처에서는 피가 뚝뚝 흘러내렸다. 놀란 아이는 상태를 살피기 위해서 아르타반을 향해 몸을 기울였는데, 저무는 태양의 어스름한 빛 속에서 아주 작고 고요한 소리가 들려왔다. 아주 먼 곳에서 연주하는 희미한 음악 소리 같았지만, 너무도 확실하고 분명하게 마음에 새겨지는 말소리 같기도 했다. 누군가 말을 하고 있는 건지 아이는 고개를 들어 창문 너머를 살폈지만 주변에는 아무도 없었다.

아르타반이 노쇠한 입술이 대답하는 것처럼 달싹거렸다. 그

answer, and she heard him say in the Parthian tongue:

"Not so, my Lord! For when saw I thee an hungered and fed thee? Or thirsty, and gave thee drink? When saw I thee a stranger, and took thee in? Or naked, and clothed thee? When saw I thee sick or in prison, and came unto thee? Three-and-- thirty years have I looked for thee; but I have never seen thy face, nor ministered to thee, my King."

He ceased, and the sweet voice came again. And again the maid heard it, very faint and far away. But now it seemed as though she understood the words:

"Verily I say unto thee, Inasmuch as thou hast done it unto one of the least of these my brethren, thou hast done it unto me."

A calm radiance of wonder and joy lighted the pale face of Artaban like the first ray of dawn, on a snowy mountain-peak. A long breath of relief exhaled gently

는 페르시아의 말로 대답하고 있었다.

"나의 신이시여. 저는 그리한 적이 없습니다. 제가 언제 굶주린 당신께 먹을 음식을 내어드렸습니까. 제가 언제 목마른 당신에게 마실 물을 내어드렸습니까. 집 잃고 헤매는 당신을 품은 적도, 벌거벗은 당신을 입힌 적도, 감옥에서 병든 당신을 돌보아드린 적도 없습니다. 33년 동안, 당신을 찾아 헤매기만 했습니다. 그런데 당신을 왕으로 섬기기는커녕 당신 앞에 도착하지도 못했습니다."

아르타반의 입술이 멈추자 저 멀리에서 달콤한 소리가 들려왔다. 너무 멀리 있어서 아주 희미하게 들렸지만, 마음에 각인되는 소리였다. 이번에는 곁을 지키던 아이도 그 말의 의미를 알아들을 수 있었다.

"내가 진실로 너희에게 이르노니 너희가 여기 내 형제 중에 지극히 작은 자 하나에게 한 것이 곧 내게 한 것이니라."

창백하던 그의 얼굴에 잔잔한 경이와 기쁨의 빛이 서서히 차올랐다. 눈 덮인 산봉우리에 첫 번째 새벽 햇살이 따사롭게 내려앉은 것 같은 모습이었다. 그는 아주 길고 긴 안도의 숨을

from his lips.

His journey was ended. His treasures were accepted. The Other Wise Man had found the King.

내쉬었다.

그렇게 그의 여정이 끝났다. 지혜로운 남자는 마침내 자신이 바라던 왕을 만났고, 그가 준비한 보물은 모두 왕께 진상되었다.

I do not know where this little story came from--
out of the air, perhaps. One thing is certain, it is not
written in any other book, nor is it to be found among
the ancient lore of the East. And yet I have never felt as
if it were my own. It was a gift, and it seemed to me as if
I knew the Giver.

- Henry Van Dyke

어디에서 나온 이야기인지 정말로 모르겠습니다. 어쩌면 허공에서 펑 하고 나타났을지도 모릅니다. 분명히 어느 책에 적혀있던 것도 아니고 동방에서 구전되어 온 이야기도 아닙니다. 그러나 제가 지어낸 이야기라고는 도무지 생각이 되지 않습니다. 이건 누군가 제게 선물로 주신 이야기가 분명합니다. 그리고 어쩐지 저는 제게 이야기를 선물하신 그분을 알 것만 같습니다.

– 헨리 반 다이크

펴낸이의 말

어쩌면 인생을 쉽게 살아가기 위해서 우리는 어느 정도 맹목적이 되어야 할지도 모릅니다. 주관이나 원칙을 되짚어보는 과정은 무척 어렵고 고단하며, 인생의 갈림길에서 우리는 재빠르게 선택을 내려야 할 때가 많기 때문입니다.

지혜로운 사람이라면 믿음이 근거를 잃고 맹목적이 되는 것을 경계해야 한다고, 세상이 당연하다고 외치는 것들이 정말로 당연한 것인지 스스로 되짚어 보아야 한다고, 저자는 작품 속에서 노학자와 아르타반을 통해 이야기합니다. 그들은 조로아스터교의 사제로 등장하고, 조로아스터교는 본질을 끝없이 추구하는 종교라고 설명합니다.

아르타반의 여정은 맹목적이라고도 할 수 있는 믿음에서 시작되었습니다. 하늘에 떠오른 별을 보고 구원자의 탄생을 예견했고, 그가 누구인지도 모른 채 자신이 가진 모든 것을 팔아 순례의 길에 올랐습니다. 친우인 다른 사제들은 별을 쫓으려는 그의 행동을 지혜롭지 못하다고 손가락질하며 실질적인 번영과 발전을 위해 시간을 조금 더 들이라고 일침을 놓았습니다.

맹목적인 믿음이 개인의 신념으로 피어나는 순간은 언제일까요. 배움으로 주입된 믿음을 의심하고 신념으로 변화시키는 그 과정은 너무나 더디고 괴롭게 느껴집니다. 번개 같은 깨달음이 피어나기만을 기다리고 또 기다리다가, 결국 지쳐 눈을 감아버리고 그저 흘러가는 데로 흘러가겠노라 포기해버리기도 합니다.

그러나 아르타반은 포기하지 않았습니다. 친우들의 비판을 묵묵히 귀담아들었고, 홀로 걸으면서 자신의 믿음이 진정 진리일지 의심하고 또 의심했습니다. 그러나 멈추지 않았고 최선을 다해 앞으로 나아갔습니다. 베들레헴에서 태어난 나사렛 가족의 아이를 찾아 헤맨 것이 아니라, 별로 상징되는 그 구원자의 본질을 찾으려고 애썼습니다.

죽음을 목전에 둔 순간까지 아르타반은 베들레헴에서 태어난 나사렛 가족의 아이를 만나지 못했습니다. 그러나 아르타반은 자신의 지난 삶을 돌이키며 단 한치의 후회도 남지 않는다고 회고했습니다. 별을 따라나설 때 막연히 품었던, 그의 영혼이 바라는 그 본질이 무엇인지 어렴풋이 깨달았기 때문입니다.

이 작품을 어떻게 소개해야 할지 고민이 많았습니다. 대부분 절판되기는 했으나 지금까지는 기독교 문학으로 각색된 작품이 소개되어 왔기 때문입니다. 그러나 작품을 거듭하여 읽고 분석하면서 단순히 기독교적인 측면에서만 바라보지 않았으면 좋겠다는 바람이 커졌습니다. 이 작품은 본질에 관하여 이야기하고 있습니다. 종교를 초월한, 선한 삶을 향한 개인적 갈망과 그 갈망 깊은 곳에 내재되어 있는 우리 마음의 본질에 관하여 이야기하고 있습니다.

헨리 반 다이크

Henry Van Dyke

1852년 11월 10일, 헨리 반 다이크는 미국 펜실베니아 주의 저먼타운에서 태어났다. 저먼타운은 오늘날 필라델피아 북서부에 해당하는 지역으로, 미국 역사에서 중요한 역할을 한 지역이다. 노예 제도에 반대하는 운동이 이곳에서 시작되었으며, 독립 전쟁 전투가 일어나기도 했고, 미국 최초의 은행이 세워진 곳이기도 하다.

유복한 기독교 집안에서 자랐다. 그의 아버지는 유명한 장로교 목사였다. 폴리 프렙(Poly Prep Country Day School)의 과정을 수료하고 프린스턴 대학교로 진학하여 신학 대학원까지 마쳤다. 1899년부터 1923년까지 모교인 프린스턴에서 영문학을 가르쳤다. 위드로우 윌슨과 함께 대학 시절을 보냈는데, 윌슨이 대통령으로 선출된 이후에는 네덜란드와 룩셈부르크 장관을 역임했다.

20세기 헨리 반 다이크의 이름이 언급되지 않는 곳이 없었다. 그는 교수였고, 목사였고, 저술가였고, 행정가였고, 시인이었으며, 작가였다. 공동예배서 출판 위원회 의장으로써 미국 북부 지역의 장로교 예배 방법을 담고 있는『공동예배서 1906 년판』을 출간했다. 또한 매년 50여 명의 예술인을 선발하는 미국 문학 예술 아카데미(American Academy of Arts and Letters)에 선출되는 영예를 누리기도 했다.

　헨리 반 다이크의 가장 유명한 대표작은『아르타반 The Other Wise Man』이다. 뉴욕에서 목회자로 사역하던 1895년, 설교를 통해 낭독한 것이 첫 발표였다. 훗날『네 번째 동방박사 The Fourth Wise Man』이라는 제목으로 각색된 73분짜리 텔레비전 영화가 1985년 3월 30일에 상영되었다. 이 작품은 연극과 오페라 등으로도 각색되어 전 세계에서 극으로 올려지고 있으며, 가장 널리 알려진 어린이 축약 버전은 2007년 로버트 바렛(Robert Barrett)이 각색한 것이다.

조로아스터교

Zoroaster

유일신 아후라 마즈다를 숭배하는 고대의 종교이다. 불을 숭배한다고 하여 '배화교'라 부르기도 하는데 이는 정확하지 않은 표현이다. 작은 제단에 불을 붙여 제례 의식을 치르지만 불 자체를 숭배한다기 보다는 불꽃과 냄새로 경배를 표현했을 뿐이기 때문이다. 본문에서 나오는 것처럼 불은 상징일 뿐이며 불을 통해서 신의 본질을 깨달을 수 있다고 믿었다.

스피티마 자라투스트라 라는 이름을 가진 사람이 창시한 종교라고 알려져 있다. 조로아스터라고도 불리는 그는 12살에 집을 떠났고 30살에 강력한 신비 체험을 하며 신의 계시를 받았다고 전해진다. 그가 설교한 내용은 훗날 21권의 책으로 묶여 '지식'이라는 뜻을 가진 『아베스타』 경전으로 엮어졌다. 그러나 이러한 내용들은 후대 사람들이 전승하는 것으로 추측할 뿐, 그에 관한 신빙성 있는 자료는 전혀 남아 있지 않다.

그가 하늘에서 계시받은 진리를 설파하던 당시 사람들은

모두 그를 광인이라고 생각했다. 그러나 페르시아의 사산왕조가 출현하며 조로아스터교를 국교로 삼아으며 발전되었다. 2000여년이 지난 후 니체는 『차라투스트라는 이렇게 말했다』를 집필하면서 차라투스트라(조로아스터의 독일식 발음)를 자신의 이상적 분신이라 강조했다.

조로아스터교는 아후라 마즈다(지혜의 신)를 유일신으로 섬기며, 우주를 선과 악의 두 원리로 설명한다. 『아베스타』에서는 조로아스터 사후 3000년이 되는 때에 구세주가 나타날 것이고, 인간은 그 앞에서 최후의 심판을 받게 될 것이라고 예언한다. 바른 생각과 행동과 말을 한 선인들은 천국으로 건너가는 다리를 무사히 통과할 것이지만 그렇지 못한 악인은 발을 헛디뎌 지옥으로 떨어질 것이라고 경고하고 있다.

월간 내로라 시리즈

영문 고전을 번역하여 담은 단편 소설 시리즈입니다.
짧지만 강렬한 이야기로 독서와 생각, 토론이 풍성해지기를 바랍니다.

아르타반

지은이 헨리 반 다이크
옮긴이 차영지 **디자인 감독** 정지은
그린이 정지은 **번역문 감수** 박서교
펴낸이 차영지 **우리말 감수** 이연수

초판 1쇄 2022년 06월 01일

내로라한 주식회사
내로라 출판사

출판등록 2019년 03월 06일 [제2019-000026호]
주   소 서울시 마포구 양화로 81, 4층 412호
이 메 일 naerorahan@naver.com
홈페이지 www.naerora.com
인 스 타 @naerorabooks

ISBN: 979-11-973324-7-0